Super

Dello stesso autore nel catalogo Einaudi

Momenti di trascurabile felicità
Storie di primogeniti e figli unici
Allegro occidentale
Il desiderio di essere come tutti
L'Italia spensierata
Momenti di trascurabile infelicità
L'animale che mi porto dentro
Momenti trascurabili vol. 3
La bella confusione

Francesco Piccolo
La separazione del maschio

Einaudi

© 2008, 2010 e 2014 Giulio Einaudi editore s.p.a., Torino
Prima edizione «Supercoralli»

www.einaudi.it

ISBN 978-88-06-22257-4

La separazione del maschio

Ogni pacchetto che mi chino a raccogliere,
Qualche altro ne perdo dalle braccia o d'in grembo,
E tutto il mucchio vacilla, bottiglie, panini,
Estremi troppo difficili a reggersi in una,
Eppure niente voglio lasciarmi indietro.
Con tutto quello che ho per reggere, mani
E mente e cuore, se occorre, farò del mio meglio
Per conservare il castello in equilibrio sul petto.
Mi piego giú sulle gambe per impedirlo, ma crolla;
E poi mi siedo nel mezzo di tutta quella rovina.
Avrei dovuto mollarlo lungo la strada il mio carico
E veder se potevo aggiustarmelo meglio.

ROBERT FROST, *Le braccia cariche*

Uno

Qualche anno fa, a qualcuno è venuta l'idea di spruzzare della polvere di cacao nel cappuccino. Come se il cappuccino cosí com'era non bastasse piú. L'idea si è diffusa rapidamente. Dopo poco tempo, quando abbiamo ordinato un cappuccino, il barista ha cominciato a chiederci: un po' di cacao?, con una specie di saliera obesa in mano, già in posizione, e bastava un cenno di assenso per veder ruotare l'angolazione di pochissimo e una spruzzata di cacao sarebbe piovuta sulla schiuma del nostro cappuccino. Io ho sempre risposto: no, grazie. Mi piaceva il cappuccino cosí com'era (mi bastava, appunto). Ma è evidente che siamo stati in pochi a dire no, visto che questa storia della spruzzata di cacao è dilagata come un'epidemia vertiginosa. A tal punto che è diventata un automatismo. Se vai in un bar e chiedi il cappuccino, te lo fanno e ti spruzzano il cacao dentro. Senza piú chiedertelo. Sei tu che devi dire che lo vuoi senza cacao. In poco tempo, l'evoluzione della polvere di cacao nel cappuccino è stata la seguente: prima non la mettevano; poi hanno cominciato a chiederti se potevano metterla; adesso devi essere tu a dire che non la vuoi. Sei costretto a stare in allerta fin dal primo momento, a non parlare piú con nessuno fino a quando il cappuccino non sia stato servito senza cacao, come richiesto – altrimenti vale la legge del silenzio-assenso. Non puoi piú fare colazione un po' assonnato, perché ti ritrovi la polvere di cacao nel cappuccino.

Quando accade, me lo faccio sostituire; ma non basta.

Mi innervosisco, la giornata parte male; mi viene una tensione muscolare dovuta al sopruso che fatico a sciogliere nelle ore successive. Chiedo con aria truce se per caso avevo chiesto il cacao, perché non mi sembrava di averlo chiesto. E vorrei dire: siete andati troppo in fretta, non tenete conto di chi fa qualche resistenza. Non tenete conto di me.

Quando Teresa se n'è andata, ci ho messo poco piú di un minuto a capirlo. Non c'era nessun segno visibile che fosse andata via, la casa era come tutte le volte quando torno dopo essere andato a prendere Beatrice a scuola. Qualche volta Teresa è in casa, qualche volta no. Beatrice ha urlato come sempre dall'ingresso: c'è qualcuno?, e non ha risposto nessuno. Ma il silenzio dopo la domanda di Beatrice, una specie di tensione che era rimasta nella casa vuota, un particolare buio nel corridoio nonostante fosse ancora giorno, ogni segno quotidiano era allo stesso tempo identico agli altri giorni e profondamente diverso. Non so come succede, ma le case mostrano subito una piccola cicatrice se qualcuno che è uscito ha deciso di non tornare. Cosí, ho capito subito. Beatrice no, direi. Capita spesso che torniamo a casa e lei urla: c'è qualcuno? – e non c'è ancora nessuno. Sono tornato in camera sua e con calma le ho chiesto cosa volesse per merenda e ho ottenuto che mangiasse dei biscotti cosí non dovevo prepararle nulla. Le ho dato i biscotti. Poi ho aperto l'armadio per guardare; ma se Teresa non fa come nei film, dove quelli che se ne vanno prendono *tutti* i vestiti che c'erano e lasciano l'armadio completamente vuoto, io non so se ne ha preso soltanto qualcuno. Eppure, ormai ero sicuro che se ne fosse andata.

La prima cosa che ho fatto, quando ho capito, è stata prendere il telefonino, cercare nella rubrica il nome di Andrea e avvertirlo in tempo per permettergli di trovare un sostituto, altrimenti si sarebbero trovati in campo con uno in meno, una cosa spiacevole nelle partite di calcetto, capace di rovinare la serata, perché stanno un sacco di tempo ad aspettare che arrivi, poi provano a chiamarti, alla fine si arrendono e cercano inutilmente un sostituto sul posto; cosí la tua squadra deve giocare con uno in meno e la partita viene snaturata: tutti giocano in modo svogliato, distratto, malinconico.

Solo dopo ho provato a chiamare Teresa. Ma il telefonino era staccato.

Fino a quando l'infermiera non mi ha allungato Beatrice avvolta in una coperta azzurra, un minuto dopo che era nata, non avevo mai preso un neonato in braccio. Un attimo prima non hai mai fatto un gesto – ed è qualcosa di piú di non saperlo fare; un attimo dopo lo fai e scopri che lo sai fare benissimo. È tua figlia, quindi tu automaticamente sai essere suo padre. Se uno sapesse che tutto ciò che accade ha una sua potenza naturale alla quale ci si adatta senza consapevolezza e senza preparazione, se uno sapesse che senza fare nulla è all'altezza del compito che gli è stato dato, affronterebbe la vita in modo diverso. Forse è per questo motivo che non deve saperlo.

Stavo lí, con Beatrice in braccio, credevo che sarei stato in imbarazzo e invece no. La guardavo e la cosa eccezionale è che non mi sembrava eccezionale. Avevo in braccio mia figlia: del resto, era mia figlia.

La prima notte, abbiamo dormito tutti e tre in una stanza dell'ospedale, spoglia ma accogliente. Io dormivo e mi svegliavo di continuo. Vedevo Teresa che allattava Beatrice e chiedevo: tutto bene? E Teresa, per non disturbarla, mi sorrideva e faceva un cenno di assenso, ma molto convinto, che era un modo per dire: benissimo. Allora io restavo a guardarle e mi chiedevo: di cosa ha bisogno un essere umano appena nato? Di mangiare. Non ha bisogno di altro. E Teresa le stava dando da mangiare, cioè rispondeva immediatamente con la soddisfazione dell'intero bisogno di Beatrice. Quindi stava andando davvero benissimo. Alla fine, infatti, gli occhi socchiusi di Beatrice raccontavano di una beatitudine assoluta che avrei visto ancora poche settimane, poi mai piú. Per poche settimane avrebbe avuto bisogno di mangiare e di dormire e di nient'altro, e avrebbe mangiato e dormito e nient'altro. Sarebbe stata felice al cento per cento. Dopo qualche settimana, sarebbe diventata come tutti noi: molto felice o molto triste, un po' felice o un po' triste, ma la felicità assoluta, il riempimento di tutte le caselle della felicità, quello non l'avrebbe ottenuto piú.

Mi addormentavo, poi mi svegliavo. Ogni volta che mi svegliavo, quella notte, ero piú cosciente del fatto di essere diventato padre, di avere una figlia. È stato durante la notte che mi è diventato chiaro di essere molto felice – non felice al cento per cento come si può essere quando si ha solo bisogno di mangiare o di dormire; ma quasi. In quel momento, ero *quasi* come Beatrice: volevo solo che andasse tutto bene, e la risposta era che stava andando benissimo.

Al mattino, quando avevo già chiesto venti volte a Teresa se era tutto a posto, lei mi ha detto: perché non vai a fare colazione? Ho sceso le scale dell'ospedale e ho camminato per strada cosciente che fosse la prima mattina della mia vita in cui scendevo le scale e camminavo per strada in qualità di essere umano diventato padre. Avevo un sorriso scemo che non avrebbe avuto intenzione di andarsene per molti giorni, e la gente che mi incontrava poteva illuminarsi in sintonia con il mio sorriso o chiedersi che cazzo c'avevo da ridere. In ogni caso lo notava, glielo leggevo negli occhi.

È con questi presupposti che sono entrato nel bar piú vicino all'ospedale e ho ordinato un cappuccino e un cornetto alla crema con gli occhi febbrili di felicità, della voracità verso qualsiasi cosa ci fosse al mondo, anche un cappuccino e un cornetto. Ho ordinato la mia prima colazione in qualità di padre di una figlia a cui tutto andava benissimo e sentivo ogni singola cosa, avevo percezione potente e profonda delle mie mani, del braccio che ha indicato il cornetto alla crema, della voce che ha ordinato il cappuccino; come se tra le mani, le braccia, la voce e me non ci fosse nessuna distanza. Aderivamo alla perfezione.

Il barista ha preparato piattino e cucchiaino, poi mi ha messo davanti il cappuccino. C'era sulla superficie della schiuma una evidente spruzzata di cacao. L'aveva fatto con abilità, addirittura accanto alla macchina del caffè, di spalle, coprendosi col corpo.

Davanti al cappuccino macchiato di granelli marroncini, il neopadre felicissimo di una bambina bellissima e che stava benissimo si è innervosito. Nello stesso modo in cui mi sono innervosito tutte le altre volte che qualcuno mi ha spruzzato il cacao nel cappuccino.

Non di meno, non di piú. Uguale.

Mi è venuta quella tensione muscolare che ho faticato a sciogliere nelle ore successive. Ho serrato le mascelle e ho detto con aria truce se per caso avevo chiesto il cacao, perché non mi sembrava di averlo chiesto.

Era la mattina in cui sono stato piú felice di quanto fossi mai stato da molti anni e di quanto sarei mai stato per molti anni successivi. E ho provato lo stesso identico moto di nervi di tutte le altre colazioni della mia vita, da quando non ti chiedono nemmeno piú se il cacao lo vuoi o no. Però, dopo, mentre mi rassegnavo per sempre a me stesso, ho provato anche sollievo: mi sentivo mostruoso e allo stesso tempo sentivo che non era un segnale soltanto negativo.

Teresa se ne era appena andata, e io me ne rendevo conto in quella ora strana tra il pomeriggio e la sera che, già a prescindere dagli accadimenti, mi debilitava per la malinconia. Da quando ero piccolo fino a oggi, ogni giorno, a quell'ora, continuo a sentire la musichetta straziante dell'*Almanacco del giorno dopo*, come se il televisore la mandasse in onda ancora, tutte le sere. Non posso farci niente: appare nella testa, come un orologio, a bassissimo volume, come se non ci fosse. Ma c'è. Qualche volta sento una voce di donna che la accompagna, una voce grave, studiata, che scandisce il nome del santo del giorno dopo, dice che domani è san Basilio e Basileo martiri e che il sole sorge alle sei e quarantacinque e tramonta alle diciotto, che la luna si leva alle venti e quattordici e cala alle sette e nove minuti; parla della stella Sirio, la piú brillante del firmamento, che d'estate brilla nel primo mattino e secondo gli astronomi del celeste impero, quando la stella Sirio spargeva i suoi raggi sul mondo, bisognava aspettarsi furti e rapine; poi c'è di nuovo la musichetta e compare la scritta «Domani avvenne» e qualcuno racconta che lo stesso giorno di tanti anni fa nacque un famoso pittore o morí un grande musicista. Alla fine di tutto la voce si congeda con una massima o un proverbio, e mi rimane nella testa quella che ho sentito una volta che ero piccolo ed ero solo in casa e la voce disse in modo definitivo: «Non si vive neppure una volta». E poi partí di nuovo la musichetta, con la scritta: fine.

L'evoluzione del mio rapporto con la musichetta dell'*Almanacco del giorno dopo* è stata la seguente: un tempo mi chiedevo quando sarebbe sparita; poi *se* sarebbe sparita; adesso la sento arrivare e aspetto che finisca, intanto che la tristezza mi sovrasta.

Con la musica dell'*Almanacco del giorno dopo* in sottofondo, mi sono steso sul letto, giusto per cercare di mettere a fuoco cosa dovevo fare. Non posso dire che me l'aspettavo, anche se lo temevo praticamente dal giorno in cui io e Teresa eravamo andati a vivere insieme. Però se l'ho capito subito, mi dicevo, qualcosa significherà. In fondo, da un momento all'altro avrei potuto sentire la chiave girare e Teresa che tornava, come le altre sere. Ma sapevo con certezza che non sarebbe successo. Ho pensato che da quel momento in poi, dalla sigla dell'*Almanacco* di quella sera, avrei potuto non essere piú un uomo sposato, e la prima risposta che si è materializzata nella mia testa è stata la seguente: posso finalmente scoparmi Alessandra. Lei ne avrebbe voglia, ma ha sempre detto che è amica di Teresa e quindi non si può. Una volta ci siamo baciati, su questo letto, quando non c'era nessuno e credevo che avremmo scopato. Mi ha ficcato in gola una lingua lunga e grossa – che non sembrava cosí lunga e grossa quando la teneva dentro la bocca – e l'ha agitata con frenesia spingendo con le labbra fino a soffocarmi quasi, tanto che io la allontanavo con delicatezza come per volerla guardare negli occhi, ma era solo per avere il tempo di prendere ossigeno. Quando ho cominciato a sbottonarle la camicetta mi ha detto, senza fermarmi e senza smettere di baciarmi ogni tanto, che aveva una grande voglia di fare l'amore con me, che ci pensava da non sai quanto – anche io, dicevo io – ma non poteva, non ce la faceva, si sentiva in colpa. Teresa era la sua migliore amica. Era davvero impossibile. Era cosí sincera, che smisi di sbottonarle la camicetta.

«E se un giorno mi lascio con Teresa?» dissi per sdrammatizzare – so sdrammatizzare qualsiasi situazione (se inventassero questo mestiere, «lo sdrammatizzatore», potrei farlo e lo farei benissimo, potrei essere uno dei migliori, e potrei in seguito insegnarlo).

Lei, alzandosi, rispose: «Scopiamo il giorno dopo».
«Promesso?»
«Promesso».
Era sincera.
Quindi, pensavo adesso, domani potrei già scopare con Alessandra. Questa possibilità mi dava sollievo, anzi in ve-

rità mi dava un'ebbrezza e un senso di onnipotenza tali che la musica dell'*Almanacco del giorno dopo* era sparita – ma forse era semplicemente finita. In ogni caso, l'idea di scoparmi Alessandra mi distraeva ancora da quello che sarebbe successo. E in ogni caso, non si vive neppure una volta.

Le persone danno troppa poca importanza ai mutamenti della vita quotidiana, a come le cose che ci circondano si trasformano o resistono al tempo. Credono che ci si debba distrarre dalle incombenze pratiche, dalle stupidaggini, concentrarsi sulla grandezza dei sentimenti, su ciò che si può valutare in modo piú ampio, che nella sostanza è solo generico. In una storia d'amore lunga, finiscono per contare le somiglianze e le divergenze quotidiane, piú dei grandi principî. All'inizio, i grandi principî sono una saldatura potente, costituiscono il ponte per il passaggio da un innamoramento a un amore serio, meno passionale, casomai, ma concreto, compiuto. Devono esserci delle complicità serie, per vivere un anno intero insieme, anno dopo anno. Però poi sono i piccoli movimenti quotidiani che determinano un logoramento. Se per esempio mi fermavo con la macchina per far scendere Teresa, in mezzo alla strada e con le altre auto dietro, il tempo tra la sua decisione di scendere e l'effettiva discesa dalla macchina era di una lunghezza enorme, un tempo di reazione lentissimo che non riuscivo a comprendere. Se le dicevo: fai presto – si scandalizzava, come se fossi un nevrotico pazzo che andava sempre di fretta. E cominciava con molta calma a recuperare la borsa e a cercare l'apertura dello sportello. Dietro si spazientivano e suonavano il clacson, ma sembrava che lo facessero con un particolare tipo di ultrasuoni, che potevo sentire solo io, non lei. In quei momenti ho sempre pensato: come mi piacerebbe non vivere con lei, non essere costretto ogni volta ad assistere a questa lentezza. Com'è ovvio, avevo anche cominciato a credere, piú esattamente a essere sicuro, che lo facesse apposta a rallentare sempre di piú.

Ecco: se Teresa ci mette troppo tempo a scendere dalla macchina, io provo un rancore che poi se ne va, ma se questo rancore compare tutti i giorni o piú volte al giorno, poi non se ne va piú tanto facilmente, rimane, e le grandi complicità vengono minate dalle fondamenta. La cosa piú spaventosa da immaginare, è che i piccoli movimenti quotidiani rappresentano qualcos'altro, sono la sineddoche della complessità. È come se gli anni interi si sciogliessero prima nei mesi, poi nelle settimane, nei giorni e infine in ogni singola ora, in ogni singolo gesto. So che è il nervosismo, un senso di fastidio, a far uscire fuori un sacco di roba che non ti aspettavi, che non sapevi di avere coltivato.

Piú tardi, ho trovato il telefonino di Teresa in cucina. Era spento. Ho provato ad accenderlo, ma c'era il codice di accesso e non lo conoscevo. L'ho lasciato dove l'avevo trovato. Beatrice mi ha chiesto di giocare, le ho risposto che avevo da fare.

«Allora mi vedo i cartoni».

Se qualcuno non può giocare con lei, pensa di avere immediatamente diritto di guardare la televisione. In qualche modo, la lotta sottile per tenere sotto controllo il rapporto con la televisione, sta finendo per rivoltarcisi contro. Abbiamo costruito centinaia di alternative valide, io e Teresa e tutti gli altri genitori, in fondo non ci siamo quasi occupati di altro; il risultato finale è che un bambino dice sempre: allora datemi una ragione molto buona per non guardarla.

«Mamma è partita», le dico.
«Non me l'ha detto», risponde distratta.
«È dovuta andare all'improvviso».

«E quando torna?»
«Presto».
«Stasera?»
«No. Tra un paio di giorni».
«Allora ci facciamo le uova strapazzate, stasera?»
«Certo», le dico convinto.
E ha acceso la tivú, come se le avessi detto che poteva farlo.

Poi è squillato il telefono. Era la madre di Teresa. La madre di Teresa chiama tutte le sere prima di cena. Tutte le sere, nessuna esclusa. Chiamerà tutte le sere fino a quando morirà. In questo momento, il pensiero che io e Teresa ci stavamo lasciando mi dava sollievo, perché non avrei piú dovuto assistere a questa telefonata puntuale, ogni sera. Oltre al fatto di potermi in teoria scopare Alessandra già domani pomeriggio, allo scadere delle ventiquattro ore.

Le rispondo che è partita, che non so quando torna, che ha dimenticato il telefonino a casa e che di sicuro si farà sentire. Spero che lo faccia, altrimenti sua madre mi sfracasserà le palle chiamandomi piú volte al giorno per chiedere come mai Teresa non la chiama. Lei pensa sempre che sia successo qualcosa di tragico. Quando era vivo suo marito, pensavano tutti e due all'unisono che nel mondo stesse accadendo qualcosa di tragico a tutte le persone a cui volevano bene. Lascerò che il livello di tensione si alzi, se Teresa non torna entro un paio di giorni, cosí quando dirò la verità, e cioè che se n'è andata perché ci stiamo lasciando, lei accoglierà la notizia con sollievo, visto che ormai sarà convinta che l'abbiano assassinata e fatta a pezzettini. Se questa operazione funziona, pensavo, potrei riuscire addirittura a farle dire: tutto qui?

Mi ripassavo a mente tutti gli altri motivi per cui avrei potuto essere sollevato se Teresa se n'era andata per sempre: posso dormire d'estate passando da un cuscino all'altro per trovare sempre una parte del letto piú fresca, e in ogni caso posso divaricare le gambe quanto mi pare; posso leggere il giornale la mattina, senza il timore che se lo prenda lei per prima; posso smettere di chiedermi se devo preparare la macchinetta del caffè piccola o grande, la mattina presto, perché non so se si sveglierà anche lei o se si sveglierà piú tardi – e posso smettere quindi di avere la sensazione che lo faccia apposta a svegliarsi quando faccio il caffè solo per me e a chiedermelo dal letto oppure a non svegliarsi quando lo faccio per tutti e due e piú tardi glielo debbo rifare. Posso avere il telecomando sempre in mano e decidere cosa vedere; posso guardare i dvd che noleggiamo fino alla fine e non continuare il giorno dopo perché lei si è addormentata; può finire la tortura al ristorante quando mi chiede di prendere due pietanze diverse e di fare un po' per uno; posso smettere di temere che apra il rubinetto della cucina mentre sono sotto la doccia e che non mi senta quando urlo a squarciagola chiudi!; posso smettere di arrivare al cinema e a teatro all'ultimo secondo e sentirla dire per tutta la serata «Vabbe', quanto sei ansioso, lo vedi che siamo arrivati in tempo?»; posso telefonare quanto mi pare, uscire quando mi pare, e ovviamente scopare con chi voglio e quando voglio senza il timore di essere scoperto.

Quando ho messo la padella sul fuoco e tenevo le uova in mano pronto per romperle, buttarle dentro e strapazzarle, mi sono ricordato di Dustin Hoffman in *Kramer contro Kramer*. È sempre rassicurante somigliare a qualcuno che alla fine fa tutto nel modo giusto. Il mio lavoro consiste nello stare ore e ore in una sala buia davanti a un monitor e montare le scene di un film, che vuol dire passare quasi tutto il tempo di una giornata ad andare avanti e indietro su una stessa scena, alle volte sugli stessi fotogrammi. Sarà per questo che penso spesso che vorrei fare un sacco di cose che vedo fare nei film e che mi piacciono molto: parlare con la sigaretta tra le labbra e gli occhi semichiusi contro il fumo, oppure mangiare con la stessa golosità la zuppa di fagioli che mangiano nei western; ho provato ogni tanto a fare come nei film francesi, quando una coppia sorseggia un vino prima di cena mentre chiacchiera di molte cose: uno cucina, l'altro versa del vino e stanno lí, in piedi, a parlare. Nei film le persone si comportano in un modo diverso dalla vita vera, piú intenso e preciso; non sono reticenti e si occupano poco di cose pratiche: si parlano, si spiegano, capiscono, riescono a dire che sono cambiati e in che modo, dicono è vero hai ragione e non mi comporterò piú cosí, chiedono se saranno amati per tutta la vita e sono lí non solo a vivere ma anche a riflettere sulla vita, a cercare di capire che vita intendono vivere. Mi piacerebbe molto riuscire a comportarmi cosí, come fanno nei film.

Tornavo a casa e se Teresa stava cucinando, ne approfittavo subito: aprivo il frigo, prendevo il vino bianco gelato, lo versavo nei bicchieri e sorseggiavamo e parlavamo; ma mi sembrava che non sapevamo farlo, c'era qualcosa che non funzionava e che non riuscivo a individuare. Eppure noi due avevamo da anni questa abitudine di raccontarci cosa avevamo fatto durante la giornata, appena entrati in casa. Ma col vino doveva venire meglio e invece non veniva bene. Non capivo: sono io che non so sorseggiare un bicchiere di vino in cucina prima di cena, o se anche sapessi farlo benissimo non sarebbe comunque la stessa cosa? Perché non riesco a rimodellare le cose cosí come le vedo nei film? Insomma, mi sembrava piú autentica la scena del film della scena reale che stavo mettendo in atto.

Però se faccio le uova strapazzate come cercava di fare Dustin Hoffman la mattina (forse faceva una frittata, non ricordo, prima o poi dovrò rivederlo), potrò comportarmi fino in fondo come lui, in modo eroico e convincente. E saprò esprimere quello che mi succede.

Di solito, non mi commuovo quando faccio le uova strapazzate; anzi, sono allegro: vuol dire che Teresa è uscita e io e Beatrice passeremo la serata in casa guardando un film fino a quando lei si stenderà poggiando la testa sulle mie gambe e pian piano chiuderà gli occhi. Non che non ami quando stiamo in casa tutti e tre, anzi, è il momento che amo di piú in tutta la giornata. Ma capita quasi ogni giorno. Quindi le serate eccezionali in cui siamo da soli io e mia figlia sono dei piccoli eventi. Facciamo delle guerre su quale film vedere, e mi sono sorbito alcuni amabili cartoni per un numero di volte superiore a *Otto e mezzo* di Fellini, che è il mio film preferito e che ho visto decine di volte. Però lei una volta ha cominciato a guardare con me un film iraniano, *Il voto è segreto*, e lo ha guardato quasi mezz'ora prima di addormentarsi. Ha detto solo: «Ma in questo film non parlano mai»; poi dopo un po': «Ho capito perché non parlano mai, stanno sempre da soli»; e poi: «Anche se non parlano mi sembra bello». Infine si è addormentata. L'ho accarezzata, pensando come pensano i genitori, che il fatto che a cinque o sei anni apprezzasse *Il voto è segreto* di Payami, era il segno che sarebbe diventata una grande regista, un fine critico cinematografico, un'intellettuale di gran livello, un'esperta del mondo arabo, il piú grande direttore d'orchestra di tutti i tempi – la questione del direttore d'orchestra non è direttamente legata a *Il voto è segreto*, è evidente, ma finisco per ficcarcela sempre nel suo futuro strepitoso. È un pensiero irresistibile, a cui i genitori appunto non resistono anche se con il giusto pudore non si abbandonano: invece io me ne frego e mi abbandono e immagino che alla fine di un grande concerto mia figlia ringrazi e poi venga ad abbracciare me e Teresa in prima fila e il pubblico applauda piú forte perché tutti hanno letto l'intervista sul «Corriere» in cui lei dice che deve tutto ai suoi genitori («Mio padre, da piccola, mi faceva vedere dei film iraniani che sono stati molto importanti per me»).

Che poi non me ne importa niente di cosa farà Beatrice nella sua vita – nel senso che non nutro nessuna ambizione al posto suo. Forse è per questo che non mi vergogno mentre la immagino che dirige un'orchestra o un film iraniano. Quando è nata, quando ho avuto davanti la concretezza di un essere umano reale, mi sono messo alla prova; facevo degli esercizi di sopportazione, delle prove di tolleranza e dolore. Mi dicevo per ipotesi: Beatrice sarà troia; quindi mi concentravo a immaginare Beatrice adulta (ma ne veniva fuori solo una figura sfocata, con le sembianze di Teresa in alcune fotografie dell'adolescenza) e ricostruivo una scena in cui ero seduto a tavola con lei e dieci uomini, amici miei e suoi, di ogni età, e sapevo che ognuno di loro ci aveva scopato. Oppure: Beatrice sarà una tossica, un'ignorante, una ballerina di varietà televisivi. Dicevo anche: Beatrice sarà lesbica; perché è facile non avere pregiudizi quando le questioni non ti riguardano direttamente; cosí mi concentravo di nuovo a immaginare Beatrice adulta e stavolta la mettevo insieme a una compagna: si baciavano, litigavano, venivano a pranzo a casa insieme. Niente.

Ero contento, perché non mi faceva impressione nulla – o meglio, solo un po' quando la immaginavo tossica, ma soltanto se la immaginavo con la faccia verde e abbandonata sotto un ponte, schiumante, con le braccia e il collo pieni di buchi; solo cosí, ma in quel caso perché soffriva lei, non io. Mi sembrava una buona reazione, ne ero orgoglioso.

Sapevo di non poter mettere nessuno a parte di queste mie fantasie, e non tanto perché potevano apparire mostruose, ma perché già immaginavo l'obiezione – anche Teresa avrebbe potuto farla: troppo facile dirlo ora. Invece aspetto con serenità che Beatrice cresca, ma anche con un po' di impazienza, perché ho voglia di dimostrarle al piú presto che per me va bene tutto, tranne un po' quella cosa sotto i ponti.

Comunque, anche se so che è assurdo, Beatrice dice che come le faccio io, le uova strapazzate, non le fa nessuno. Dice cosí perché è il primo sapore di uova strapazzate che ha sentito e quindi tutte le altre non sono soltanto diverse, portano la colpa di non essere queste. Il segreto che abbiamo adottato insieme, io e Teresa, per pigrizia, è stato quello di rendere piú democratiche le pietanze. Con i bambini è molto facile fondare delle regole in cui possono credere senza dubbi. Provengono dal nulla e tutto davanti a loro deve essere fondato da capo. Le abbiamo fatto credere che le uova strapazzate fossero una prelibatezza, la pasta in bianco con l'olio fosse una prelibatezza, la pastina con il dado knorr fosse una prelibatezza. Cosí facciamo presto e lei è pure contenta. Se una sera torniamo tardi a casa oppure non abbiamo voglia, le diciamo con occhi luccicanti: sai cosa facciamo stasera? E lei risponde: uova strapazzate!, oppure: pasta in bianco!, oppure: pastina in brodo! Risponde con esaltazione. È convinta che sia una serata speciale e noi ci chiediamo sempre come reagirà quando, da grande, scoprirà che era praticamente una truffa. («Sono diventata direttore d'orchestra in seguito a una grande delusione: i miei genitori mentivano sul dado knorr»).

Soprattutto, avevo desiderato la separazione la maggior parte dei sabato mattina. La mattina del sabato, Teresa apriva gli occhi e chiedeva: cosa facciamo oggi? Cosí la domenica. Apriva gli occhi e lo chiedeva, ogni sabato, ogni domenica. Il sabato di piú, perché il sabato si poteva decidere di fare qualcosa che includesse anche la domenica. Io pensavo che non dovessimo fare niente, niente di niente. Starcene lí, basta. In sintesi, quello che facevo prima di conoscerla. Potevamo restare in casa e lasciar passare il tempo, rilassarci, godercela. Lei invece faceva proposte, chiamava amici con figli, suggeriva di aggregarci a gite al mare o di andare tutti a mangiare fuori o a visitare un paesino di cui le avevano parlato. Dettava orari, appuntamenti, combinazioni di piú possibilità. Temevo molto i weekend. Infatti cercavo di svegliarmi prima e di godermi per una o due ore la casa vuota e silenziosa, mentre lei e Beatrice dormivano; gironzolavo in punta di piedi pensando che era bello che fosse sabato, o domenica, e non avevamo niente da fare.

La prima cosa che facevo, però, era andare alla finestra a guardare il cielo. Se pioveva. Perché quando pioveva, eravamo costretti a restare in casa e io ero davvero contento. Qualche volta pioveva. Ed era la prima cosa che dicevo quando lei apriva gli occhi: sta piovendo. Sono sicuro che nel suo elenco di motivi per cui si sarebbe separata volentieri da me (ne avrà un milione anche lei, figuriamoci), quella mia frase, sta piovendo, era nei primissimi posti.

A volte c'erano dei sabati in cui il tempo non era bello e non era brutto. Non c'era il sole e non pioveva. Erano i piú difficili. Mi affacciavo e indicavo una nuvola lievemente ingrigita in un cielo splendente e dicevo che il tempo non prometteva niente di buono, e lo speravo davvero, che piovesse. Lei diceva che non era niente, che si sarebbe aggiustato. Diventava una battaglia in cui andavamo di continuo alla finestra a guardare: io vedevo sempre le nuvole e lei vedeva sempre il sole.

La maggior parte delle volte – anzi, no: solo alcune volte. Alcune volte provavo a essere generoso, provavo a seguirla per negozi o a progettare un weekend fuori, provavo a pensare come pensava lei che era bello andare a vedere un concerto di musica classica o il flamenco, andare in campagna o al mare anche se c'è un po' di traffico; mi ripromettevo di essere buono e gentile; in fondo, dicevo, che ti costa, la tua vita è fatta come vuoi tu, passi la maggior parte del tempo nella sala di montaggio oppure in giro per questioni di lavoro o con la scusa del lavoro, concedi poco agli altri se non provi piacere o convenienza; lei ti sta chiedendo una cosa, non ti piace e non ti va, ma una serata o un weekend cosa sono, in fondo si tratta di stare buono per un breve periodo, di non rompere le scatole e di mostrarti accondiscendente, di essere piacevole e generoso per un segmento minimo del tuo tempo infinito. È la donna che ami, con cui vivi; oltretutto avresti un bel po' di cose da farti perdonare, se lei sapesse.

Ci provavo. Dicevo: va bene, sabato andiamo a trovare i nostri amici in campagna. La risposta di Teresa era un sorriso cosí ampio che pensavo: dovrei dirle che andiamo in campagna tutti i sabati. Per un paio di giorni l'atmosfera in casa era elettrica, allegra piú del solito. Mi sentivo come uno che poteva fare la cosa giusta con facilità.

Ma poi arrivava il venerdí pomeriggio, sentivo l'*Almanacco del giorno dopo* frullarmi la testa e la musichetta però non finiva, i santi del giorno erano anche quelli del sabato e della domenica, i proverbi e le massime si moltiplicavano, non si viveva neppure una volta, la malinconia formava una fatica che appesantiva il corpo, sentivo di scivolare pian piano dal divano. Non riuscivo mai davvero a controllarmi, il nervosismo cresceva senza che potessi farci nulla, il cinismo cominciava a produrre frasi orribili, l'ansia cominciava a rovinare la partenza, chiedevo di partire piú presto per paura del traffico, volevo rassicurazioni sull'ora del ritorno, il nervosismo montava contro la mia volontà e diventavo insofferente, insopportabile, sarcastico, litigioso; arrivavamo alla mattina del sabato con me piantato contro la finestra a cercare nuvole dove non c'erano, a sbattere tazze di caffè senza motivo, e a quel punto anche se partivamo era inutile – anzi, ero capace di rovinare la giornata o il weekend intero con malumore palese e ostruzionismo minuzioso. Se c'era un rallentamento, dicevo: lo vedi?, avevo ragione; se Beatrice piangeva alzavo la voce, dicevo che sarebbe stato molto meglio restare a casa. Dicevo no a tutte le proposte, non ero simpatico con gli amici, rispondevo male a Teresa perché avevo voglia di litigare.

Mi tranquillizzavo solo quando eravamo rientrati in città. Dopo essere venuto meno alla promessa con me stesso, dopo aver rovinato una bella serata o un breve weekend a mia moglie. Ma senza nessun rimorso, anzi assolutamente convinto di essere dalla parte della ragione, assolutamente convinto che mia moglie stesse provando a violentare la mia libertà, la mia identità, il mio tempo, la mia vita; pensavo che se non le stava bene come vivevo poteva pure andarsene, se non mi rispettava allora non potevamo vivere insieme – ed era tutto ciò semplice e puro egoismo, perché nella sostanza non riuscivo a concedere nemmeno un giorno in campagna a un'altra giurisdizione, dovevo fare della mia vita solo e sempre quello che volevo io.

Quando ho sentito il nervosismo insensato davanti al cappuccino con la spruzzata di cacao, la meraviglia è durata poco, poi mi sono detto: perché avrebbe dovuto essere diverso? Ho capito che io sarei stato sempre io, qualsiasi cosa fosse successa; e che le cose che accadono nella vita, grandi e piccole, i figli che nascono e la schiuma dei cappuccini, sarebbero state sempre separate, come se un vetro invisibile le tenesse divise. Non ho mai capito perché, ma mentre mi facevo paura, mi sono anche sentito rassicurato. Mentre facevo le telefonate di rito per rintracciare Teresa (e tra le altre ho chiamato anche Alessandra, con il doppio intento di capire se sapeva qualcosa e di cominciare a metterla in preallarme, come per dire potrei stare sul punto di lasciarmi con Teresa, quindi tieniti pronta), dopo non molto tempo ho capito che nessuno sapeva niente, quindi per tutti era un allarme stupido, mentre per me si faceva piú solida l'idea che era successo qualcosa di definitivo. Anche questo mi ha molto rassicurato, da quel giorno a oggi e nel futuro: quando accade qualcosa, anche se non ci sono segnali evidenti, me ne accorgo. È molto importante che sia cosí, perché ti permette di vivere il resto della tua vita con una calma di sostanza. So che se succede qualcosa di grave, o di importante, lo capisco, e lo capisco ancora prima di rendermi conto di cosa possa succedere. Sapevo anche – per essere onesti e delimitare il campo dell'intuito – che un motivo preciso ci sarebbe stato, in verità, per una cosa che era successa quasi un mese prima, ormai; ma avrebbe potuto essere un buon motivo per me, non per lei. E comunque, lei non lo sapeva nemmeno. Avevo deciso di non parlarne, avevo cercato di comportarmi come al solito, anche se il mio nervosismo e la mia insofferenza erano aumentate, nei weekend. E lei mi aveva chiesto piú volte: ma è successo qualcosa? No, rispondevo, perché?

Avevo tenuto ogni cosa sotto controllo, non c'era mai stata la minima percezione che le cose precipitassero. Poi, da un paio di giorni sentivo che il suo sguardo sfuggiva. Poi, sono entrato in casa e ho capito. Cosí, la prima cosa che mi è venuta in mente è stata di predispormi a un tempo vuoto per dedicarmi a quanto mi stava succedendo. Avevo tenuto ogni cosa a bada, concentrandomi con ossessività sulla vita quotidiana. Adesso potevo mettermi calmo e lasciar entrare la tempesta e il dolore. Ho sofferto, ma non mi sono disperato nel tentativo di capire.

Insomma, non mi va tanto, adesso, di ammettere che Teresa mi potrebbe mancare, cosí come cerco di scacciare ogni motivo buono per salvare il nostro legame. Anche se so di amarla in modo profondo, ritengo inutile concentrarmi sulla grandezza dei sentimenti, su ciò che si può valutare in modo piú ampio, sulla mia nostalgia generica. Non me la faccio questa domanda, cerco di scacciarla, adesso, nel momento in cui se n'è andata, e allo stesso modo cerco di combattere i ricordi che provano ad assalirmi appena abbasso la guardia. Ma cosí come si fanno strada i vantaggi stupidi, mentre combatto contro la potenza dei sentimenti non riesco a organizzare la minima linea di difesa contro il piú stupido dei ricordi. Mi trovo a lottare di continuo con un'immagine: una volta, quando Beatrice era nata da poco ed eravamo andati a passare le vacanze in Spagna, avevo visto Teresa scendere dalla scaletta e andare verso la pancia dell'aereo insieme a un addetto per recuperare il passeggino. Quando era riuscito ad aprirlo, si era rialzata e – giuro – aveva sbattuto la testa contro l'aereo.

Quella immagine di mia moglie che sbatte la testa contro un aereo, ogni volta che ci penso, mi commuove; mi ha sempre commosso. Piú precisamente, mi ha commosso quello che ha fatto appena dopo: mentre si massaggiava la testa mi ha guardato, sperando che non l'avessi vista. Ma io ero lí, l'ha fatto davanti a me. Mi dispiace, ma non potevo non vederla. E in questa commozione credo ci sia anche la considerazione che Teresa potrebbe essere la prima persona al mondo che abbia sbattuto la testa contro un aereo.

Di notte, la vedo accanto a me che dorme serena già da un paio di ore, e guardarla dormire mi rende fragile, come se volessi svegliarla per tornare a essere alla pari; quel respiro pesante e le lenzuola tenute fino agli occhi e la sensazione che lí dentro nessuno possa farle del male, altrimenti non dormirebbe cosí. Allora, quando la guardo, poi la tocco, anzi la sfioro solo con una carezza e lei, tutte le volte che lo faccio, risponde. Risponde con un indurimento muscolare nel punto in cui la tocco, oppure con un movimento della mano che stringe per un attimo la mia. Non sa di farlo; è un istinto. So che non lo ricorderebbe la mattina perché lo fa da dentro il sonno. Potrebbe anche essere una risposta istintiva, un riflesso condizionato a qualsiasi stimolo, da parte di chiunque. Eppure sono sicuro che lo fa soltanto con me.

Oppure mi torna in mente, all'improvviso, una sola parola: durante il nostro primo litigio serio, pochi mesi dopo che eravamo andati a vivere insieme, la prima volta che ci eravamo detti che avevamo dei dubbi sul nostro amore; lei, pensando a quello che sarebbe potuto accadere, senza suoni e senza espressioni del viso aveva di colpo riempito il volto di lacrime, lacrime che scendevano copiose e silenziose, e mentre con il dorso della mano cercava di pulirsi, aveva detto guardando a terra: «Mannaggia». Quella parola pronunciata in quel modo risuonava nella mia testa da quel giorno; mi ero ripromesso che non ci sarebbe piú stato motivo di pronunciarla. E invece, adesso che era andata via, quel mannaggia era stato definitivamente legittimato.

E poi le serate a casa noi tre, il suo corpo ogni volta che si spogliava, la capacità di venire a capo di ogni difficoltà, quel rapporto di naturale indipendenza che si era creato, l'ammirazione di tutti quelli che lavoravano con lei; la capacità di dimenticare i litigi, dopo qualche giorno in cui non bisognava nemmeno avvicinarla in attesa che la rabbia si consumasse. Alcune serate passate sul divano. I viaggi in macchina in cui parlavamo e parlavamo. L'idea che non ci fosse una persona al mondo con cui stavo meglio. Perfino sapere cosa stava per dire mi piaceva: quella complicità profonda che la consuetudine di un amore crea in modo naturale e che fa riconoscere in una stanza piena di persone mai viste prima, chi sono quelle che si amano.

Nonostante questo, anzi non solo nonostante ma anche a causa di ognuno di questi motivi e di questi ricordi, cercavo di dimenticare ogni profondità del mio amore; come del resto avevo cercato di fare in questi anni, in lotta con l'abbandono a me stesso.

Una volta che mi sono svegliato con un dolore alla spalla che mi ha impedito di muovermi per giorni, alla fine ho deciso di andare in farmacia. Non frequento le farmacie, per incuria e pigrizia, forse anche per una sostanziale fortuna. Ma di solito, quando mi ammalo o soffro di un dolore fisico, aspetto che passi. Accetto il dolore e aspetto. Quella volta il dolore era un impedimento a impegni pressanti e dovevo reagire. Ho spiegato al farmacista cosa avevo, ho fatto un movimento del braccio per mostrare i limiti, e ho chiesto se aveva un antinfiammatorio che mi aiutasse. Ero lí in attesa speranzosa, quando lui ha pronunciato una parola: voltaren.
    Come ha detto, scusi?
    E lui ha ripetuto, con naturalezza: voltaren.
    Se avessi dovuto spiegarmi meglio, al farmacista avrei detto piú precisamente cosí: senta, ho un dolore alla spalla, avrei bisogno di un antinfiammatorio; quando ero un ragazzino e facevo sport, mi capitava di avere una distorsione alla caviglia o al ginocchio, o un colpo violento ai muscoli; allora andavo in farmacia e mi davano un prodotto che adesso non esisterà piú, si chiamava voltaren... Adesso, dopo tanti anni, la medicina ha fatto progressi, quell'antinfiammatorio sarà stato sostituito con un altro piú potente ed efficace, oppure con altri metodi del tutto innovativi.
    E invece il farmacista ha detto voltaren. La stessa parola che aveva pronunciato un altro farmacista quasi trenta anni fa. Forse la scatolina è cambiata, anzi è sicuro; forse sarà migliorato il composto, ne sono meno sicuro. Ma com'è possibile che in tanti anni non hanno inventato un altro prodotto? Com'è possibile che nessun concorrente sia riuscito a fare qualcosa di meglio? Il farmacista ha preso il voltaren e lo ha impacchettato in quel modo veloce e piuttosto insensato dentro una velina avvolgente che non si sa bene a cosa serva, probabilmente a nascon-

dere al mondo il tipo di rimedio e quindi di dolore che devi curare.

Mi ero preparato alla separazione, in virtú della coscienza di questo amore. Ci avevo avuto a che fare piú volte, ogni volta che la temevo o mi conveniva. Ogni volta che mi sentivo piú lontano e ogni volta che mi sentivo piú vicino. Diciamo che ero un uomo che aveva commesso dei piccoli delitti e che ne avrebbe commessi ancora, se nessuno se ne fosse accorto. E nessuno finora se n'era accorto. Non ancora. Diciamo che le possibilità future erano due: avrebbe potuto non accorgersene mai nessuno; oppure un giorno la polizia avrebbe bussato alla mia porta per venirmi a prendere e dirmi: adesso basta, ti abbiamo scoperto. Vivevo in una specie di elastico in cui a volte pensavo che ce l'avrei fatta per tutta la vita e a volte che l'indomani sarei stato scoperto. Ma il piú delle volte le probabilità che i miei delitti venissero scoperti mi sembravano altissime, era soltanto questione di tempo. C'erano notti in cui pensavo che continuare a vivere in questo modo era faticoso, dispersivo, difficile. E che un giorno vivere senza Teresa sarebbe stato inevitabile. Prima o poi mi avrebbe scoperto. Quelle notti, avevo suggerito a me stesso anche un'altra possibilità, che avrebbe potuto essere la migliore: *se morisse*. Lo avevo pensato con lei che dormiva accanto a me di quel suo sonno immobile e bello, un sonno che non aveva nessuna parentela con la morte ma con una vitalità serena. Quindi, lo avevo pensato rassicurato dalla sua presenza. Non ce l'avevo con lei, l'amavo e non avevo mai desiderato sul serio che morisse; ma in certe notti non vedevo altra via d'uscita per evitare il precipitare degli eventi. L'avevo immaginato come un evento ineluttabile: io che non c'entravo nulla avrei affrontato il dolore con forza, e alla fine avrei saputo superarlo. E questo avrebbe immesso nella mia vita un alone eroico potente: è rimasto solo con la bambina, sarebbe stato il pensiero di tutti. Avrebbe fatto di me una persona meravigliosa senza che io dovessi fare nulla.

E una persona meravigliosa può permettersi di tutto.

Cosí, l'unica soluzione che nella mostruosità di alcune notti insonni mi veniva in mente, per salvarmi, era che Teresa morisse. Se fosse morta, non avrebbe mai scoperto nulla. Se fosse morta, non l'avrei delusa. Se fosse morta, in pratica, non ci saremmo lasciati.

Era stato un pensiero paradossale, perché ci avevo giocato solo escludendo la perdita anche per Beatrice, nel senso che appena consideravo che Beatrice sarebbe stata anche lei vittima di quel dolore, il pensiero svaniva in un attimo. Io ce l'avrei fatta a superare il dolore, ma lei no. Però se devo dire di aver provato un senso di colpa per aver avuto quei pensieri molte e molte notti, non posso dirlo. Mi era sembrato piú che altro di prepararmi a un distacco che poteva essere probabile, a volte molto probabile, e che la morte di mia moglie avrebbe risolto nel modo migliore.

La mattina dopo che Teresa se n'è andata e tutte le mattine in cui siamo rimasti soli, io e Beatrice ci siamo svegliati, lavati, vestiti e siamo usciti per andare a scuola. Come tutte le altre mattine. Teresa dorme molto e non ce la fa ad alzarsi. È un patto: lei fa tante altre cose, e potrei strappargliene ancora; in cambio accompagno Beatrice a scuola, tutte le mattine. L'unica differenza, quindi, è che Teresa non era a letto, nel buio della stanza; e Beatrice non le andava a dare un bacio leggero, prima di uscire, al quale la madre a volte rispondeva e a volte no.

«Mamma non torna ancora, forse sta qualche giorno in piú»; «È fuori dall'Italia, per questo il telefonino non se l'è portato»; «Mi ha scritto una mail e ha detto che tornerà presto, appena può». Questo dicevo a Beatrice, che tutte le sere diceva: mi manca mamma – ma non sembrava affatto preoccupata. Continuavo a vivere con lei come se non fosse successo niente, come se Teresa fosse davvero andata via per lavoro.

Mentre Beatrice era a scuola, provavo a cercarla, a fare qualche telefonata. Ma poi smettevo, perché sentivo una rabbia che stava per prendere corpo, e sapevo che se le avessi dato spazio avrei dovuto accogliere anche la disperazione, l'aggressività, il dolore. No. Restavo chiuso e calmo, in attesa. Avevo un compito e non potevo venire meno: non potevo crollare. È questo di sicuro che mi ha tenuto saldo e tranquillo, oltre al fatto di essermi preparato negli anni, perché tanto tempo ho passato con Teresa, altrettanto tempo ho passato a considerare l'ipotesi che ci separassimo. E ora, pur valutando solo i buoni motivi per farlo – mentre tengo a bada con tutte le forze i buoni motivi per non farlo – ho un atteggiamento deciso, forte e rasserenante, perché so che Beatrice mi scruta negli occhi ogni minuto per verificare che sono qui nel mondo per proteggerla e renderla serena. E questo basta a costringermi a farlo.

Mi era già successo con il mio lavoro. Un paio di anni prima, dopo la Mostra del cinema, quando il film che avevo montato era stato presentato in concorso e fischiato a lungo prima alla proiezione stampa e poi alla proiezione ufficiale, quando i giornali lo avevano già stroncato e almeno tre avevano perfino ironizzato sul montaggio, una cosa che non succede mai. Ricordo la passeggiata con Vittorio, il regista con cui avevo montato cinque film e che era il mio amico piú caro fin dai tempi del Centro sperimentale; camminavamo pianissimo lungo il canale dove arrivavano i traghetti, con la sensazione di vergogna che provavamo quando ci accorgevamo che alcuni conoscenti vedevano Vittorio da lontano e si infilavano in un viottolo per l'imbarazzo di incontrarlo. Lo consolavo, ma sentivo che era infastidito. Quasi con rabbia mi disse che due giorni prima, qui a Venezia, aveva firmato un contratto per altri due film. Era la prima volta che me l'aveva detto dopo aver già firmato.

Poi, per sette mesi non mi aveva chiamato piú nessuno. C'era un film in ballo, prima di Venezia, ma il regista disse che era stato rimandato e avevo scoperto che non era vero. In quei giorni l'unica cosa che facevo era un documentario sugli skaters, con rimborso spese. Per la prima volta da quando avevo cominciato a lavorare, ero senza lavoro e senza prospettive di guadagno all'orizzonte; avevamo pochi soldi e soprattutto avevo la sensazione netta, ogni mattina al risveglio, che non mi avrebbe chiamato mai piú nessuno. Mi sentivo l'ultimo al mondo.

Qualche tempo dopo, con molto imbarazzo, Francesca mi disse che aveva saputo che il nuovo film di Vittorio era già in preparazione e che, ecco, insomma…

«Lo monta Ferrante», dissi.

Lei mi guardò quasi offesa: «Lo sapevi già?»

«No».

Ogni mattina, quando aprivo gli occhi, avevo voglia di richiuderli e starmene lí a dormire per qualche anno, sperando che quella tristezza e quel senso di inutilità se ne andassero cosí come erano arrivati. E invece, ogni mattina, mi ritrovavo di fronte Beatrice. Entrava nella camera da letto con il suo passo frettoloso, diceva papà!, e si buttava in mezzo a noi – non diceva mamma perché aveva imparato che Teresa voleva dormire. Non solo si aspettava che mi alzassi, che le preparassi la colazione, che la aiutassi a lavarsi e a vestirsi, che uscissimo per andare a scuola. Si aspettava, appena sveglia, la felicità, l'amore, la certezza che la vita fosse meravigliosa e tutta da vivere. Insieme a me e Teresa. Mi guardava con occhi grandi e mi abbracciava, e se aveva notato un cambiamento lo combatteva con semplicità: mi guardava da vicino e allargava la bocca in un sorriso ampio che chiedeva in silenzio: non sei mica triste, vero? Io ho bisogno di felicità.

Quando osservo i miei amici che non hanno figli, invidio in loro la libertà assoluta di lasciarsi andare a un sentimento negativo. Alla depressione, alla rabbia, all'umore nero. Tutte espressioni che nella mia vita erano presenti, e che adesso sono presenti nella parte piú nascosta del mio stomaco, molte volte, ma che non hanno piú possibilità di esprimersi. Se le condizioni di lavoro virano decise verso la prospettiva del vuoto, se la persona con cui vivo sparisce da un momento all'altro e non so dove sia ma so solo che forse è tutto finito, vorrei lasciarmi andare a una rabbia, un dolore, una ricerca disperata. A una depressione senza freni. Certi sentimenti bisognerebbe viverli fino in fondo. Ma io vivo con un essere umano di un metro e venti che ripone in me tutta la sua fiducia, la sua sicurezza, il suo buonumore. In me e nella madre, certo.

Mi basta ricordare la prima volta in cui ho capito questa cosa con precisione, come se si fosse trattato di un esperimento scientifico. Beatrice aveva circa sei mesi, e mentre era accanto a me che guardavo il telegiornale, giocava con il telecomando. Ha premuto un tasto e il volume si è alzato al massimo, di colpo. Urlando ha buttato via il telecomando e terrorizzata si è girata verso di me con le braccia larghe e mi ha abbracciato forte. Appena è caduta tra le mie braccia, è finito tutto: il tremore, l'accelerazione cardiaca, lo spavento. Appena ha toccato il mio corpo, si è sentita al sicuro. E io mi sono sentito potente; ho cominciato a studiare le sue reazioni e da allora in poi ho capito che le bastava prendermi la mano o abbracciarmi e qualsiasi cosa spiacevole veniva allontanata.

Tutta questa potenza mi ha fatto paura. Mi era sembrata una fortuna oggettiva ma anche una sfortuna quotidiana – e di nuovo il confronto tra l'assoluto e il quotidiano si era rivelato complicato: ciò di cui sono orgoglioso e che mi commuove se lo guardo allontanandomi un attimo, nel suo farsi quotidiano provoca frustrazione. Per il fatto che non posso permettermi di mostrarmi come sarei davvero in alcuni momenti. Anzi, è di piú: non posso nascondere, ma devo addirittura reagire, respingere con forza i malumori. È una soluzione, ma sento che c'è qualcosa in questo che non fa solo bene, fa anche male.

Ci sono mattine che non ho nemmeno il tempo di svegliarmi e Beatrice è già saltata sul letto, mi ha già preso la mano, mi sta guardando negli occhi, nel buio, e mi chiede: sei sveglio? Mi accarezza il viso, oppure me lo dice con un sorriso inequivocabile. Il suo buonumore si è già imposto prima ancora che io mi sia reso conto se ho voglia di alzarmi, se sono triste o depresso. Questo buonumore basta da solo a essere la motivazione per andare avanti, per alzarsi con energia appunto; ma basta anche a innervosirmi, perché non lascia piú spazio al mio cattivo carattere, al mio desiderio di recriminare, di sentirmi l'ultimo uomo al mondo. Non mi dà la possibilità di crollare, una buona volta. Non posso cedere all'ineluttabilità, alla sconfitta. Non posso pensare: sono finito; non ho potuto dire: non lavorerò mai piú e non abbiamo piú soldi; non posso dire: Teresa non tornerà mai piú. Sí, è vero che l'amore per un figlio ti aiuta a non pensarlo, ma è anche vero che se uno si sente finito, anche una sola mattina, si tirerebbe dietro a valanga tutto ciò che di buono ha fatto nella vita. È un istinto, e quindi andrebbe praticato. Fossi solo, o con Teresa, non mi lascerei distogliere dall'autodistruzione. L'ho corteggiata con serietà fin dall'adolescenza ed è una tentazione continua, che ho sempre, che non mi abbandona mai.

Ma gli occhi di mia figlia *impediscono* tutto questo. Mi guarda negli occhi ogni mattina con la speranza che io sia grande, anzi con la certezza che lo sono. Lei la vede la mia grandezza, non la presuppone. *La vede*. Mi guarda negli occhi come per dirmi: qui si regge tutto sulla tua forza, e tu la forza ce l'hai vero? E se la sua domanda presuppone un sí, la mia risposta non può che essere: sí.

Poi, quella Mostra di Venezia e quel film se li sono dimenticati tutti; anch'io. E ho ricominciato a lavorare a due, tre film alla volta come se nulla fosse successo.

Quando ho visto in televisione per la prima volta la pasticca bicolore per la lavastoviglie, con una funzione per ognuno dei colori e con una pallina in mezzo, coloratissima e perfetta, che prometteva pulizia e splendore mai visti prima, mi sono arreso subito, senza condizioni: era evidente che fosse un passaggio epocale nel progresso delle lavastoviglie. Il primo meccanismo che fa partire il cervello quando gli propongono una novità è una contestazione di inutilità: a che serve? Ma ci sono delle volte che la reazione è debole in partenza, a causa di una seduzione piú veloce. Quando ho visto la pasticca bicolore, ho capito subito che sarebbe stato stupido opporre resistenza, non correre a comprarla, pensare di conservare la possibilità di tornare indietro a una insulsa polverina che si spargeva dappertutto. Era un passaggio ineluttabile e non bisognava esitare; al limite, si poteva scegliere se farlo con sofferenza o buttarsi con euforia.

Ecco, le pasticche bicolori con la pallina in mezzo danno soddisfazione, segnano il passaggio del tempo. Trent'anni fa non c'erano e non si potevano immaginare. Se qualcuno comprasse la lavastoviglie oggi, dopo trent'anni, direbbe che il mondo è cambiato, si è evoluto. È successo qualcosa, insomma.

Francesca ha cominciato a lavorare con me tre anni e mezzo fa. L'ha portata Vittorio, quando il mio assistente se n'è andato perché era pronto per cominciare a montare un documentario da solo. Ha detto: è molto brava. Se lo diceva Vittorio, mi fidavo. Quando molti mesi dopo le ha telefonato per chiederle di seguirlo e Francesca ha deciso di rimanere qui, lui ha capito tutto, e io ho capito quanto fosse innamorato di Francesca. Perché ha fatto una pazzia: è stato l'unico momento in cui qualcun altro ha messo a repentaglio la mia vita coniugale, con una mossa sorprendente e a pensarci ora, dopo tanto tempo, in qualche modo geniale. In ogni caso, credo si fosse già accorto della relazione tra me e Francesca, anche se noi eravamo convinti di no. Sempre, quelli che hanno relazioni clandestine, mentre vivono nel timore che altri le scoprano, sono allo stesso tempo convinti di essere cosí bravi e complici e discreti che nessuno può aver ancora capito – nessuno. Si sentono cosí sicuri, che nelle conversazioni davanti agli altri ogni tanto lanciano qualche messaggio dal significato doppio, che appare nella conversazione come conseguenza logica del dialogo pubblico e che contiene intanto un significato intimo comprensibile solo all'amante. Il problema è che tutti gli altri, se pure non colgono la pienezza del significato e nemmeno l'ulteriore senso di quella frase, colgono invece, guardandola dal di fuori, l'intimità innaturale che quelle due persone emanano, come se ci fosse un corridoio sotterraneo tra loro, che corre sotto il pavimento di un ristorante o sotto l'asfalto di un marciapiede. Non si vede, non si capisce a cosa serve, ma si capisce che c'è.

Quindi, le persone che dovessero trovarsi di fronte alla confessione privilegiata di un segreto, e cioè: ho una relazione con Francesca, per esempio – la maggior parte delle volte sono deludenti, perché dicono: lo avevo già capito. Non ne ero sicuro, possono dire, ma mi sembrava.

Un pomeriggio, mentre lí fuori c'era già la primavera, e per noi dentro la sala montaggio non faceva differenza perché eravamo al buio e davanti all'avid continuavamo a ripassare gli stessi fotogrammi senza trovare la soluzione giusta da almeno due ore; mentre Francesca era seduta accanto a me e ogni tanto diceva qualcosa sapendo che a causa della concentrazione non avrebbe avuto nessuna risposta, ho percepito che il suo silenzio si era fatto piú denso ed ero sicuro che dopo qualche secondo mi avrebbe suggerito la soluzione giusta, che in quel momento le stava arrivando nella testa.

Invece ha detto: «Sono incinta».

E si è buttata indietro sulla poltroncina, togliendo le mani dall'avid.

Fino a quel momento non avevamo nessuna confidenza, e in verità non sapevo nemmeno se avesse un compagno. Ma non ero sorpreso, perché le ore al buio uno accanto all'altra creano un'intimità che anche soltanto pronunciando frasi tecniche, avanza senza possibilità di tenerla a bada. Però, proprio perché si è spesso da soli al buio, l'istinto che prevale nella sala di montaggio è la concentrazione sulle questioni tecniche, una sorta di difesa dalla scontatezza dell'intimità: da soli, al buio, uno accanto all'altra, è una condizione che si può riconoscere soltanto come punto di arrivo, non di partenza.

Sono rimasto zitto. Ci siamo guardati. Poi ha detto: «Non so di chi».

Ho provato una grande tenerezza per questa donna giovane e bella accanto a me, visibile solo alla luce del fotogramma che aveva bloccato sullo schermo; che non sapeva cosa fare a tal punto da dirlo a me e per un bel po' di tempo sono riuscito a rispondere soltanto: «Ah». Siamo usciti per fare una passeggiata e arrivare fino al bar a bere qualcosa – anche questo non lo avevamo mai fatto. Mi raccontava che aveva un uomo con cui le cose non andavano piú bene e che aveva già deciso di lasciare; e un altro uomo con cui scopava ma di cui non le importava nulla. Nel dirmi quelle cose in pratica mi stava dicendo che avrebbe abortito e io non ero riuscito a dire altro che cose sensate e complici, ma inutili. Però mentre le parlavo con dolcezza e le facevo capire che le ero davvero vicino, dentro di me era evidente che si era formato immediatamente un pensiero in risposta a quello scarto improvviso di intimità. Un pensiero che è diventato chiaro mentre salivamo le scale per tornare nella nostra sala buia: Francesca era davanti a me, aveva un vestito leggero che le scopriva larga parte della schiena; la sua schiena era leggermente sudata, quindi un po' lucente, con il ritmo che avevamo preso restava davanti ai miei occhi, alla stessa distanza (vicino) a ogni gradino. Da quel momento, il mio atteggiamento verso di lei è cambiato in maniera definitiva. Mi piaceva già, forse mi era piaciuta dal primo giorno. Ma in quel momento ho capito soprattutto cos'era quella sensazione strana che avevo provato quando in modo credo disperato aveva detto: sono incinta; non so di chi. In risposta a tutto ciò, il mio pensiero piú nascosto e istintivo era stato: voglio scoparti anch'io.

L'avevo chiamata in ospedale, durante la notte, due volte. Era sola, mi aveva rassicurato: stava bene, era andato tutto bene. Le avevo detto di non venire a lavorare per qualche giorno, ma due mattine dopo era davanti all'avid, un po' pallida. Da allora, stare al buio, uno accanto all'altra, non è stato piú lo stesso. Con movimenti impercettibili e brevi scarti di dialogo, abbiamo cominciato ad avvicinarci.

Un sabato mattina le avevo chiesto di venire a lavorare perché dovevamo consegnare un documentario al produttore e il regista ci aveva supplicato di lavorarci nel fine settimana; sono arrivato in cima alle scale per aprire la sala e l'ho trovata seduta sul penultimo gradino, che aspettava. Il regista non c'era. Per la prima volta non le ho detto ciao ma mi sono curvato e l'ho baciata sulle labbra. Ci

siamo sorrisi. Era un salto, certo, ma non cosí lungo, ormai. Abbiamo aperto la porta, siamo entrati, abbiamo camminato per la sala come se parlassimo al telefonino o aspettassimo l'esito di un'operazione, come se avessimo molte altre cose da fare; poi ci siamo incontrati sui nostri cammini di nuovo accanto alla porta d'ingresso e ci siamo baciati a lungo, spingendoci forte l'uno contro l'altra.
Lei ha detto soltanto:
«Sarà un casino».
Io ho detto soltanto:
«Non fa niente».
Poi abbiamo smesso e abbiamo aspettato che arrivasse il regista. Ci siamo messi a lavorare senza sosta per ore. Alle nove meno un quarto avevamo finito tutto. Siamo andati via, abbiamo aspettato che il regista ci salutasse e poi ci siamo detti: ci vediamo qui domani mattina.

Fino al momento preciso in cui il mio cazzo è entrato nella sua fica, era una scopata che stava cominciando, senza sapere cosa sarebbe successo. Ci eravamo spogliati, baciati, guardati, desiderati. Ma in quel momento ricordo lo sguardo che ci siamo scambiati. Abbiamo subito pensato: voglio scopare sempre con te.
Il suo corpo è magro, da donna giovane e bionda e alta, la sua pelle è piú scura di quanto si possa immaginare per una ragazza bionda e alta. Le tette sono piccole ma hanno qualcosa di eccessivamente eccitante, sarà per via di un torace ampio che poi ha a che fare con la sua schiena cosí lunga. È una donna magra che però non è magra. Il suo culo è un culo forte, quasi da maschio, non ampio ma pieno, con la stessa equazione della sua magrezza non magra; un culo seduto su gambe lunghe: lo voglio guardare e toccare appena la vedo, le metto di continuo la mano sul culo appena restiamo soli, quando scopiamo le stringo il culo con forza mentre lei è sopra di me e viene urlando

come atterrita dal suo stesso piacere – se può urlare, altrimenti mi morde la mano fino quasi a spezzarmi i tendini. Cosa che mi fa godere molto.

Quando cominciamo a scopare, lei, che è fissata con il mio cazzo, mi stende su qualsiasi superficie, mi sbottona i pantaloni, tira giú i boxer con un gesto veloce e rispettoso, che mi piace: li tende sopra l'erezione del mio cazzo, come per staccarli da lui, e solo quando li ha portati piú in giú li tira con forza fino alle ginocchia. La prima cosa che fa è dare una leccata lunga e lenta dalla base fino alla punta, poi se lo infila in bocca, poi scende di nuovo e mi lecca le palle, poi se lo infila in bocca di nuovo e succhia, sposta i capelli per farsi guardare ma soprattutto per guardarmi con occhi diabolici. Poi si sposta di lato per farsi ammirare mentre si spoglia e si stende accanto a me a pancia in giú, perché adora che le guardi il culo, glielo baci, lo morda, le infili le dita nella fica o nel culo. Alla fine entro dentro di lei. E qui, questa adesione è cosí perfetta che ogni volta la dimentico, come se fosse il frutto di una mia fantasia. È come una fica modellata per il mio cazzo, è come un cazzo modellato per la sua fica. Non ci sono punti vuoti, è tutto perfettamente occupato. Il piacere che perde controllo con rapidità nasce da questa perfezione, e godiamo molto, a volte insieme, a volte aspetto che venga lei – e per aspettare devo togliere le mani dal suo culo, altrimenti non so aspettare, alcune volte devo addirittura cercare di concentrarmi su qualcosa di spiacevole, di nauseante, di schifoso, se voglio resistere, perché non ce la faccio piú – e poi vengo mentre lei continua a muoversi per me, e quando sto per venire mi mette in un punto in cui non posso muovermi, si stacca e scende giú e infila il cazzo in bocca anche solo in tempo per ingoiare tutto.

Io e Francesca scopiamo di continuo, tutte le volte che restiamo soli. Ogni volta che un regista diceva: lavorate voi per due o tre giorni, noi lavoravamo e scopavamo. Credo di poter contare in numero di una decina in tutto le volte in cui siamo rimasti soli per un tempo sufficiente e non abbiamo scopato, e ci deve essere stata una ragione molto seria. Nemmeno se avevamo una discussione valeva, anche perché non litigavamo mai e se c'era tensione la consumavamo scopando con rabbia. Dopo un po', a Francesca è stato affidato il primo lavoro da sola e quindi abbiamo smesso di passare molte ore insieme. Adesso ci vediamo soprattutto a casa sua, e dopo aver scopato restiamo nudi sul letto, aspettiamo che il respiro torni normale e cominciamo a parlare di un sacco di cose. Delle nostre relazioni, dei film che abbiamo visto (capita solo raramente che ne vediamo uno insieme), di politica; e soprattutto di lavoro. Parliamo tanto di lavoro, io e Francesca, dopo aver scopato. Parliamo della scena che bisogna salvare montando dei primi piani catturati da altre scene; parliamo male degli sceneggiatori e sempre le chiedo se la narrazione è a posto, perché so che Francesca quando si concentra troppo sulla bellezza di un passaggio non tiene a mente la questione piú importante del nostro lavoro: che la trama sia chiara e fluida, talmente fluida che lo spettatore poi, mentre guarda il film, non deve farsi domande su cosa stia succedendo (a meno che il regista non voglia esplicitamente che lo spettatore si domandi: ma cosa sta succedendo?). Francesca sbuffa sempre quando le parlo della narrazione, mi anticipa dicendo che lo sa che Kubrick era ossessionato sopra ogni altra cosa dalla coerenza della narrazione – me lo hai detto mille volte – ma sa che ho ragione e sa che qualche volta se ne dimentica. Poi mi dà dei consigli, spesso sono di piú e piú sensati di quando ne parlavamo davanti all'avid o di quando ne parliamo davanti a un caffè. Poi andiamo a lavarci quasi sempre insieme, ci laviamo e continuiamo a chiacchierare. Lei dice che sto sul bidet troppo a lungo. Sorrido e mi insapono e mi sciacquo, mi insapono e mi sciacquo, ancora.

Passiamo una grande quantità di tempo insieme, anche perché abbiamo sempre una scusa di lavoro per vederci, vera o falsa che sia. Lei vive sola, ha un po' di relazioni, quando ce n'è qualcuna piú intensa c'è un breve rallentamento delle nostre scopate – ma breve, per un motivo: ci raccontiamo tutto, mentre scopiamo oppure durante lunghe telefonate dalle nostre postazioni (quasi al buio, con la sola luce di un fotogramma in stand by) e ci eccitiamo mentre raccontiamo e ascoltiamo.

Abbiamo scopato in molti altri posti: in bagno durante una festa e nel bagno di alberghi dove si tenevano importanti convegni. Abbiamo scopato nel palco laterale del Teatro dell'Opera, stesi a terra, mentre gli attori cantavano la *Bohème* a una prova generale – un nostro amico aveva fatto la regia e ci aveva invitati. Quella forse, se c'è una classifica delle scopate con Francesca, è stata la piú emozionante. Il palco non si chiudeva, poteva arrivare chiunque, la musica della *Bohème*, l'eleganza e gli arzigogoli del teatro, e poi bastava allungare un po' la testa che vedevamo gli invitati seduti sotto di noi o nei palchi un po' piú lontani. Abbiamo scopato un paio di volte in strada: seduto su un gradino sporco di un negozio chiuso, lei sopra di me, riparati da una macchina; chiunque passava vedeva tutto, ma ce ne fregavamo, anzi ci piaceva che ci guardassero. Un'altra volta, in un angolo che siamo andati a cercare mano nella mano; non era un angolo nascosto, ma non ne potevamo piú, era dopo una cena di lavoro, aveva un vestito nero corto e leggero che mi aveva eccitato tutta la sera. Ci baciamo con avidità e le infilo le mani dove posso, le tiro su il vestito, ha calze con reggicalze nere e mutandine che tiro un po' giú, e lei non ha vergogna di stare cosí, nuda per strada; le infilo le dita dentro la fica, la sua fica geometricamente perfetta, una bella fica probabilmente; è aperta e bagnata, e le gambe di lei non sono mai state restie ad aprirsi il piú possibile. Francesca non ha mai opposto un rifiuto, mai, di nessun tipo. L'ho scopata velocissi-

mo, era notte e ci sembrava sempre che stesse per arrivare qualcuno, e poi ce ne siamo scappati storditi e stanchissimi, sfiniti dal desiderio.
Quella sera prima di lasciarla le ho detto:
«Dobbiamo avere cura l'uno dell'altro».
E lei ha risposto la verità:
«Stavo pensando proprio questo, davvero».
Stavamo insieme da qualche mese, ma quella sera abbiamo accettato con chiarezza che non avevamo nessuna intenzione di smettere.

Qualche volta andiamo in un centro benessere un po' esclusivo, poco conosciuto: ci danno accappatoi e una minuscola pezza bianca che ci coprirà a stento cazzo e fica. Poi ci fanno entrare in un bagno turco e ci chiudono lí dentro. C'è una specie di letto di cemento in mezzo ai vapori, delle fontanelle d'acqua per rinfrescarsi e noi due nudi ci stendiamo sul letto di cemento e ci accarezziamo, ci baciamo, ci tocchiamo ma non scopiamo, non lo abbiamo mai fatto perché l'eccitazione lí dentro è lenta e controllata, cresce in misura esponenziale ma ci dedichiamo a carezze di rallentamento. Poi bussano alla porta ed entrano senza aspettare, quasi volessero coglierci in flagrante. Due donne ci vengono a lavare e noi uno di fronte all'altra ci guardiamo mentre ci versano dell'acqua e ci passano la spugna. Ho il cazzo duro da non so quanto, a questo punto, ma le due donne lo ignorano, o comunque mostrano di ignorarlo. Chiamano Francesca «signora», come se presupponessero che sia la mia signora. Poi ci fanno stendere su due lettini in una stanza fresca e ci fanno dei massaggi e mentre sento il piacere delle mani che mi attraversano tutti i muscoli, vedo la pelle di Francesca massaggiata, modellata. Poi ci fanno andare nella stanza del tè, dove qualche volta ci sono altri clienti ma a noi non importa, beviamo il tè e ci baciamo e ci tocchiamo. Cosí non ne possiamo piú: ci vestiamo in tutta fretta e corriamo a casa di Francesca a scopare fino a sfinirci.

Per quelli del centro benessere, lei è la mia donna. Per questo, una volta, ci ho portato Teresa, un regalo per il suo compleanno, chiedendo riservatezza. Quella volta Teresa è stata la mia amante. Non solo: abbiamo subito scopato nel bagno turco, e quando le donne sono entrate, appena dopo, se ne sono accorte. Una di loro ha detto: possiamo? Senza forze per rispondere, ho fatto cenno di sí.

Quando sono tornato con Francesca, gli sguardi che le donne del bagno turco mi facevano, erano complici. Con Francesca ci raccontiamo tutto, è il nostro gioco, ma questo non gliel'ho mai detto.

Una decina di giorni dopo che Vittorio aveva deciso di prendere Ferrante al posto mio, senza avermelo mai comunicato, e un paio di giorni dopo che Francesca aveva rifiutato la sua offerta di lavoro per restare a fare la mia assistente, quando tornai a casa, Teresa mi accolse con un bacio e un sorriso che riconoscevo, di chi voleva raccontare qualcosa. Sedetti un po' in camera di Beatrice, a chiacchierare con lei, poi andai di là pronto ad ascoltare. Teresa disse: «Poco fa mi ha chiamato Vittorio». Mi era sembrato strano, ma non mi ero preoccupato.

«Ha chiamato te?»

«Sí».

«E come mai?»

«Credo fosse ubriaco», disse Teresa. Ed ebbi l'impressione che mi guardasse negli occhi con insistenza. Diventai sospettoso.

«Può darsi. Voleva spiegarti perché non vuole lavorare piú con me?»

«Ha detto che tu e Valeria siete amanti da anni». Pronunciò questa frase in un modo già distratto. Provai una fitta violenta alla bocca dello stomaco, una specie di scarica di terrore che controllai irrigidendo i muscoli e senza esprimere all'esterno nessun movimento, nessuna reazione. Il dolore allo stomaco non poté non fare i conti, però in modo rapidissimo, con la ricostruzione di me che aprivo la porta, di Teresa che mi dava un bacio convinto, del suo sorriso e della sua complicità solita che comunicava: ti devo raccontare una cosa. Nulla di tutto ciò che avevo temuto o immaginato da anni. Non poteva averci creduto, era ovvio. Non potevamo essere adesso, cosí, con questi toni e questo modo di parlare, nel mezzo della tragedia che avevo immaginato.

«Era ubriaco», risposi.

«Non del tutto», disse Teresa, con un sorriso convinto. Intanto mi ero seduto come se fossi distratto e mi importasse fino a un certo punto di ascoltare quella storia, in realtà per ritrovare equilibrio e conservare tranquillità.

La raccontò con il tono di chi racconta una cosa assurda. Vittorio l'aveva chiamata e le aveva detto che avevo una relazione con un'altra donna e come aveva fatto a non accorgersene, ma non aveva parlato di Francesca, no, che in qualche modo lo avrebbe coinvolto, bensí di Valeria – vendetta piú grave visto che Valeria e Massimo (suo marito) erano nostri amici da sempre. Era una mossa orribile e geniale. La sua vendetta di uomo innamorato ed evidentemente fuori di sé avrebbe dovuto coinvolgere Francesca, ma in quel caso avrebbe mostrato qualche interesse diretto, e poi la storia con Valeria sarebbe stata piú scandalosa e grave. Il problema è che Teresa non ci aveva creduto nemmeno per un attimo. Continuò a rispondergli di smetterla di scherzare, perché faceva lo scemo, ma figurati se Valeria, e cosí dicendo diede il tempo a Vittorio di rendersi conto di cosa stava facendo, di uscire dallo stato di trance.

La seconda mossa geniale che fece poi il mio ex regista,

quando si rese conto dell'enormità di ciò che stava dicendo, grazie al fatto che Teresa gli aveva dato tutto il tempo sia di accorgersene sia di fare marcia indietro, fu quella di tornare in sé in tempo per dire che certo che era uno scherzo, ma piú che uno scherzo voleva essere una specie di parabola con la quale voleva insegnare qualcosa a Teresa a proposito della questione del lavoro e della mia depressione: nella vita, voleva dire a Teresa – mentre stava chiudendo una collaborazione che durava dai tempi del Centro sperimentale, sapendo che ero demoralizzato e senza lavoro – può accadere di peggio, ci sono eventi piú sciocanti e dolorosi, tipo che tuo marito e una tua amica scopano da anni; quindi è il caso di lasciar perdere l'atteggiamento tragico, è meglio che convinci tuo marito a reagire e a cercarsi qualche altra collaborazione, non è che potevamo lavorare insieme per tutta la vita. Quello scherzo in fondo stupido voleva dimostrare che quello che era successo, a me e lui, non era poi cosí terribile.

Ma Teresa non aveva mai pensato che fosse una tragedia. Era dispiaciuta per me, ma era sicura che tutto si sarebbe risolto.

«Uno scherzo del cazzo», fu tutto quello che mi riuscí di dire.

«In effetti...» disse Teresa. E la cosa finí lí.

La terza cosa geniale la feci io: non andai mai da Vittorio a dargli un cazzotto in bocca, come avevo immaginato di fare per tutta la notte successiva, né gli dissi mai niente. È come se non avesse mai fatto quello che aveva fatto.

Quella è stata l'unica volta in cui ho visto materializzarsi nella realtà la scoperta dei miei delitti, anche se in una situazione del tutto spiazzante, visto che non c'era nessun segno di tragedia nella voce di Teresa e nell'odore di casa. Quindi, mi è stata mostrata la possibilità, mi è stato fatto provare quel dolore, ma come se fosse una prova di evacuazione di un edificio per un incendio, in cui ti comporti come dovrai comportarti, ma sai che in quel momento in realtà non sta succedendo niente.

Tutto ciò, prima e dopo quei due secondi, forse meno, di dolore fortissimo nello stomaco. Il mio terrore del ritorno a casa aveva toccato, anzi sfiorato, la sua materializzazione in quel tempo minuscolo ma esatto, visibile, violento. In quei due secondi, forse anche meno, c'era stato, solo apparso e poi subito svanito, quasi senza che me ne potessi rendere conto, il momento drammatico che avevo temuto da anni. Un accenno fugace ma netto e potente.

Tutte le sere in cui tornavo a casa, dopo che avevo scopato. Tutte le volte che mi arrivava una telefonata in cui la voce di Teresa pronunciava un ciao diverso dal solito – poi si scopriva che aveva a che fare con qualche altra ragione anche grave, ma non quella. Tutte le volte in cui avevo spento il telefonino e avevo trovato una serie di chiamate di Teresa, incalzanti e irrazionali. Tutte le volte in cui mi sembrava di aver lasciato il computer preda di investigazioni, che non avevo cancellato una mail in tempo, che avevo dimenticato il telefonino a casa e mi ricordavo di un messaggio che descriveva un perizoma comprato pensando al prossimo incontro. Tutte le volte, anche, che non era successo niente, ma il mio umore, nel ripensare all'impunità che aveva resistito fino a quel momento, lavorava ossessivo per dirmi che non poteva continuare a non accadere nulla, e allora la scoperta la immaginavo con precisione, come se la vedessi davanti agli occhi, e montava in me una specie di panico insensato che si sarebbe materializzato senza prove la sera stessa: mi convincevo che sarei tornato a casa e senza ulteriori indugi o prove o errori, Teresa aveva scoperto tutto lo stesso. Quello che me ne dava la certezza era proprio la sensazione negativa che aveva innescato l'immaginazione nitida. Come capita a volte quando mi sveglio in piena notte convinto di aver sentito un rumore sospetto; rimango immobile e tremante, in attesa che arrivi il secondo segnale; il fatto che non arrivi non mi tranquillizza, ma mi fa solo capire che chi è entrato si è reso conto che mi sono svegliato. Dopo un po' di tempo, sembra ormai evidente che è stata solo una sensazione o un sogno o la reazione a un sogno. Bene, da quel momento in poi comincio a considerare una possibilità piú grave e quindi piú spaventosa: è il mio istinto che ha intuito ciò che sta per succedere, per questo mi ha messo in allerta; vuol dire che è vero che non c'è nessuno in casa, vuol dire piú precisamente che non c'è *ancora* nessuno in casa: ma ci sarà. Sta per entrare qualcuno, e il mio istinto mi ha messo in allarme. Se n'è accorto. Ne sono convinto. Rimango seduto in mezzo al letto, in attesa di ciò che sta per accadere, mentre studio come mettere in salvo Beatrice.

Allo stesso modo, mi convinco che Teresa quel giorno ha capito. Mi convinco che questo panico che sto provando è in sintonia perfetta con Teresa: per il fatto che la amo quanto la amo, il suo dolore riesco a sentirlo nel momento preciso in cui appare, metti che è in un bar e sta per prendere la tazzina di caffè dal banco e portarsela alle labbra, metti che la sua testa vaga per pensieri lontani e all'improvviso le appaiono evidenti tutta una serie di coincidenze che fino ad allora non aveva considerato; le è bastato mettere insieme la prima con la seconda, anche in modo casuale, e da lí ecco che tutto ciò che era sotterrato e nascosto e impossibile da rintracciare appare nitido davanti ai suoi occhi; impossibile da non vedere. Se dovessi montarla, la scena di Teresa, a questo punto apparirebbero in sequenza una serie di azioni già viste in un altro momento del film, che però ora assumono un significato del tutto diverso per l'ipotesi di reato, azioni del passato che messe una accanto all'altra generano prima il sospetto e poi la certezza di chi sia il colpevole, chi ha compiuto, e come, tutta quella serie di delitti. E io, all'altro capo della città, mentre lei capisce e diventa pallida e non ascolta piú una collega che le sta parlando, mentre faccio tutt'altro, a causa del legame forte che sento con lei, a causa quindi dell'amore che sento per Teresa, percepisco tutto nel momento esatto in cui lo percepisce lei, e mi diventa chiaro che è per questo motivo che adesso il mio cervello sta generando panico, è l'ultimo atto d'amore e di condivisione con Teresa, l'ultimo atto di un legame durato tanti anni, un atto sensoriale, dopodiché tutto finirà. Il tempo che passerà da ora a quando arriverò a casa, servirà a Teresa per trovare o aggiungere prove. Poi mi aspetterà. E quando arriverò a casa, tutto finirà.

I giorni e le settimane successive alla telefonata assurda di Vittorio erano stati difficili; ne avevo parlato con Francesca che non ci poteva credere, ne avevo parlato con Valeria che mi aveva detto di stare tranquillo, che bisognava solo che passasse un po' di tempo. Ma poi era diventata inquieta perché aveva sentito Teresa un paio di volte e lei non le aveva raccontato nulla. A quel punto ero io a tranquillizzare Valeria, ma pensavo di continuo: basta che Teresa si fermi un attimo e dica: e se fosse vero? In fondo, tutto è impossibile da vedere perché nessuno guarda. Ma se Teresa ripercorre una serie di episodi e li legge in altro modo? All'improvviso, una gran quantità di situazioni che fino ad allora mi erano sembrate impossibili da intercettare, mostravano tutti i loro punti deboli, erano centinaia di prove semplici da accumulare. E così, finiva che ogni sera tornavo a casa con quella tensione che provavo ogni volta che avevo scopato, che avevo tenuto il telefonino spento, che mi era preso il panico.

Tutte le volte, tutte queste volte, che sono talmente tante che non riuscirei piú a contarle, quando arrivo sotto casa, resto fermo per due o tre minuti davanti al portone. Faccio lunghi respiri e mi godo quelli che possono essere gli ultimi due o tre minuti di una vita che vivo da molti anni, una vita che mi piace e mi piace a tal punto che sostengo con spalle forti e mille complicazioni tutti questi problematici intrecci – ma che adesso, dopo che avrò aperto il portone, avrò salito le scale, avrò aperto la porta, svanirà tutta intera in un attimo, quando per costruirla ci ho messo tempo e difficoltà e fatica, e invece se ne andrà via in una serata, o in pratica se n'è già andata via, ma è impossibile sancirlo fino a quando non arrivo a casa, fino a quando non mi muovo da qui sotto. Perché io non penso mai che Teresa possa aver visto soltanto un messaggio o sentito soltanto un dialogo o intuito che ho detto soltanto una bugia; penso sempre che quella prima cosa che è accaduta ha svelato e scoperchiato tutto il resto, ha fatto cadere in poche ore l'intera impalcatura complessa che avevo costruito per tenere tutto insieme senza perdere nulla, con un equilibrio totale di cui spesso sono andato fiero; ma adesso è bastato sfilare via un elemento che è venuto giú tutto.

Premo il pulsante del citofono. Non ce la faccio ad arrivare fino a su per scoprire se c'è ancora qualcuno. Quando penso che questa vita oggi finisce, suono il citofono. Se al citofono viene Teresa, apre direttamente perché sa che sono io – quindi non posso avere nessuna percezione del suo umore; se al citofono risponde Beatrice, chiede chi è e quando dico che sono io, apre, ma lei non potrebbe portare i segni della tragedia in atto – oppure sí? Allora mi chiedo se la voce di mia figlia è diversa, se ho sentito in lei qualcosa di strano. E basta pensare che in una voce o in un comportamento possa esserci qualcosa di strano, che quella voce e quel comportamento diventano automaticamente insoliti, sospettabili, diversi, incomprensibili. Immagino che se la voce di Beatrice è strana, allora non soltanto è arrivato il giorno che aspettavo da un sacco di tempo, ma è arrivato cosí come lo avevo sempre immaginato:

una sera tornerò a casa e sarà tutto finito. In piú, anche Beatrice sa. Probabilmente non sa di cosa si tratta, ma sa che è successo qualcosa. Sa anche lei, in modo impreciso ma non per questo meno devastante, che questa vita cosí com'è, sta per finire, è finita.

Mentre salgo le scale, ho paura. Una paura profonda, cosciente, costruita nel tempo. Una paura a cui sono preparato, a cui sono addirittura abituato, per la quantità di volte che mi prende; e che quindi percepisco in modo pieno. Tutta completamente a fuoco.

Non solo ho paura del fatto che sto per andare incontro alla fine di questa vita, ma anche di come accadrà. Di quello che mi aspetta non dopo stasera, da stanotte in poi, ma di quello che mi aspetta adesso, dietro quella porta. Della rabbia, del controllo, della finzione, della violenza, del disprezzo, dello schifo, della comprensione. Ho paura di ognuna delle possibili reazioni di Teresa alla distruzione della nostra vita coniugale. Ognuna mi sembra terribile, insostenibile – senza differenze. Se mi chiederà piangendo perché?, se mi lancerà contro piatti e sedie, se mi caccerà di casa o se ne andrà lei, se mi additerà a nostra figlia come un essere spregevole o se con uno sguardo duro aspetterà che lei vada a dormire, o addirittura che domani mattina vada a scuola. Ho paura del suo silenzio, della sua dignità, ho paura che mi guardi negli occhi e che scuota la testa, soltanto. Ho paura che non mi dica niente di niente. Ho una paura fottuta, una paura che non mi prende mai se non da quando comincio a pensarci mentre sono in macchina – una paura che non mi prende mentre scopo, mentre combino casini e menzogne, mentre scappo o torno. Una paura limitata solo al fatto che adesso temo che abbia capito tutto – e, ripeto, al fatto di doverla affrontare tra pochi secondi. Come sarebbe bello, penso mentre salgo le scale, se il giorno in cui dovesse accadere che Teresa scopre tutto, se è oggi, se è adesso – come sarebbe bello che io mi trovassi già dentro la nuova vita, piú triste, dolorosa e peggiore, ma già lí dentro, il primo giorno della nuova vita, anche soltanto i primi secondi, come se queste scale invece di salirle le stessi già scendendo, verso non so dove, ma almeno è appena dopo che tutto è finito. Ecco cosa mi basterebbe: che fosse appena dopo, che stessi andando via e non arrivando. Invece adesso devo affrontare la parte peggiore e sto andando a farlo.

Arrivo davanti alla porta. È già aperta, perché ho citofonato. Qui non posso piú perdere troppo tempo, giusto un secondo per controllare la tensione; poi devo aprire. Entrare. Apro, faccio due passi e sono dentro. Chiudo la porta alle spalle. Questo è il momento peggiore: quando sento la porta che si chiude, sanno che ci sono. Se Beatrice mi ha aspettato sulla porta, cerco di leggere nei suoi occhi quello che non potrei leggere, e per Teresa sono comunque dentro nel momento in cui ho chiuso. Faccio qualche passo in corridoio, e la cerco. La trovo sul letto con un libro o il giornale che non è riuscita a leggere durante il giorno; oppure in salotto che guarda il telegiornale o i cartoni con Beatrice; o al telefono che cammina per la casa; o in cucina che sta preparando la cena; o con un'amica che bevono l'aperitivo e chiacchierano. In tutti questi casi, il suo sguardo, il suo saluto, il suo movimento verso di me è immediatamente diverso da quello che aspettavo, da tutto ciò che temevo. Ogni sera ha un umore diverso, Teresa, come tutti, ma che sia allegra o che sia nervosa, non ce l'ha con me.

Non ce l'ha con me.

Io non c'entro – e se c'entro è per qualcosa di buono, se c'entro è perché ha voglia di venirmi incontro e darmi un bacio sulle labbra, se c'entro è perché ha quella espressione che vuole dire: ti stavo aspettando per raccontarti una cosa. Ma non ce l'ha con me. Per niente. Non ha nessun motivo per avercela con me.

E la paura *svanisce*. Scompare, se ne va lí dove era venuta e non provoca neanche per un secondo il pensiero che un terrore dovrebbe provocare per almeno qualche ora: non lo farò mai piú. No, per niente. Quando la paura se n'è andata, quando il pericolo è scampato, allora ritorno esattamente nel punto di prima.

Il mondo dentro cui è caduta Beatrice, a questo penso di continuo. Ogni volta che vado a prenderla a casa di un'amica, scruto ogni angolo di ogni stanza, il modo in cui apparecchiano per la cena, come e cosa mangiano, come arredano il corridoio. Allora ripenso al fatto che Beatrice per caso è nata nella nostra casa e guarda la vita da qui e ha formato abitudini e pensieri in conseguenza dei nostri. Per lei, le differenze tra casa nostra e le case degli altri sono le stesse che posso notare io. Per esempio, la colazione del mattino. In ogni casa c'è una consuetudine radicata, e le gradazioni variano da tavola apparecchiata con pane tostato e latte caldo, spremuta d'arancia, burro e marmellata e quant'altro, fino a nessuna colazione, solo uno yogurt o niente. A osservare la differenza tra casa e casa, famiglia e famiglia riguardo alla prima colazione, sembra di assistere a differenze di riti e usanze, differenze di civiltà, di popolazioni. Poi quando si va a vivere insieme le consuetudini della colazione si accoppiano, ne esce fuori una sintesi e alla fine, quando nascono i figli, il rito della civiltà di quella famiglia si esplicita in un particolare modo di fare colazione che a chi cresce in quella casa sembra l'unico modo possibile al mondo. E da quel punto di vista si guarda tutto il resto delle case, delle colazioni, del mondo.

Chissà come succede che due persone si scelgono. Sí, è l'amore, ma a volte penso che l'amore non basta a spiegare una scelta cosí radicale: guardo mia moglie, la nostra casa, la sua casa al mare, i suoi parenti, i nostri amici, e mi chiedo come si fa a spiegare che una scelta avvenuta tanti anni fa, forse casuale, forse una possibile tra tante, abbia portato a tali salde certezze, a questa consuetudine cosí naturale, a questa vita reale che sta qui al posto di tante altre possibili. A queste strade, a questo tipo di colazioni, a questi amici, a specifici parenti e a serate di Natale e Capodanno, ad album di foto, e chiacchiere, e tutto il resto. A tutto questo e non ad altro – ed è chiaro che l'esemplificazione di tutto questo è nostra figlia. Nostra figlia e non un'altra, e tutta la serie di abitudini e di certezze e pensieri che lei ha per il fatto che vive qui dentro.

Io e Teresa ci siamo innamorati sei anni prima di sposarci, due anni dopo esserci conosciuti siamo andati a vivere insieme, e adesso siamo sposati da otto. In tutto, fanno quattordici anni. Ci siamo sposati quando lei era incinta di Beatrice da quattro mesi, ci siamo sposati soprattutto per questo, anche se dicevamo sempre che un giorno lo avremmo fatto.

Il giorno in cui Teresa se n'è andata, io avevo una relazione stabile con Valeria da nove anni (cioè da prima che mi sposassi), con Francesca da quasi tre anni, e con Silvia da un anno e mezzo; in piú, in quelle settimane, avevo due rapporti in cui c'erano state rispettivamente una e due scopate, e quindi erano in via di evoluzione.

La verità è che io ho sempre scopato con chi e quando volevo. O potevo. Scopavo con altre prima di sposarmi con Teresa, quando Teresa era incinta, dopo essermi sposato con Teresa, dopo che è nata Beatrice; ho continuato a scopare e scoperò adesso che Teresa se n'è andata – se davvero se n'è andata – ma comunque non intendo subito. In fondo, penso, anche Alessandra può aspettare qualche giorno in piú. Mi piace, mi è sempre piaciuta, ma può aspettare.

Questi sono i miei piccoli delitti. La scoperta di tutto ciò, o di una sola parte di tutto ciò, è stato il mio principale terrore per tutti questi anni. A questo ho pensato quando sono tornato a casa e lei non c'era piú: che avesse scoperto tutto, stavolta con la volontà caparbia che ha tirato fuori per difendersi dal suo senso di colpa. Ogni telefonata che ho fatto non era solo il tentativo di capire se Teresa se n'era andata e dove, ma anche perché se n'era andata, e se aveva scoperto qualcosa. Ho telefonato a Valeria, Francesca e Silvia, ovviamente, per capire se le aveva cercate e quindi essere sicuro che avesse scoperto tutto. Ma non aveva chiamato nessuno.

Ho scopato molte volte in tutte le sale di montaggio della città, tutte diverse e in vari quartieri – e pure tutte uguali, con un divanetto da qualche parte o tavoli o scrivanie o tappeti o pavimenti gelidi. Tutte. Ho scopato migliaia di volte a casa, quando Teresa e Beatrice non c'erano, e quattro o cinque volte, quando Beatrice era ancora abbastanza piccola da non scendere da sola dalla culla o dal lettino; ho scopato anche con Beatrice di là che dormiva, di pomeriggio o di notte se Teresa era fuori per lavoro. È successo tante volte che ho scopato con un'altra donna nello stesso giorno in cui ho scopato con Teresa; ho scopato con amiche di Teresa, con la babysitter; con qualche cliente, con le mie amiche. E una volta anche con la madre di Teresa – ma è stato un episodio casuale, rapido ed è successo tanti anni fa. Non ha avuto conseguenze, ripercussioni, è come se non fosse mai avvenuto. Però è successo, e cerco in tutti i modi di dimenticarlo.

Ho scopato in alcune case della città, oppure in alberghi quando andavo fuori per lavoro o per convegni. Ho calcolato orari di entrata e di uscita, ho cercato di far sparire delle ore come buchi neri, ho inventato migliaia di menzogne, di appuntamenti falsi, ho minimizzato incontri, spostato orari, allungato riunioni, inventato ritardi di consegna, ho telefonato con varie scuse per controllare Teresa dov'era, ho avuto incontri con produttori improbabili che mi proponevano lavori improponibili. Ma la maggior parte delle volte ho usato quella che chiamo la tecnica della quasi-verità, l'unica tecnica che riusciva a darmi una specie di serenità. Le quasi-verità sono la versione delle menzogne in cui sono piú bravo, in cui mi sento imbattibile (potrei tenere dei seminari anche sulla tecnica della quasi-verità). Consiste nel raccontare tutta la verità su un pomeriggio o una serata, con precisione meticolosa: con chi sto, dove vado, di cosa si parla; raccontare interi pezzi di dialogo, dettagli e orari, perfino alcune ambiguità; la sola omissione consiste nel non raccontare che oltre a tutto ciò che hai meticolosamente raccontato, hai anche scopato. Solo la scopata è omessa – un tempo che viene inghiottito dalla serata e sparisce dentro la dilatazione del tempo circostante. È una tecnica infallibile e rilassante: non devi temere di sbagliare nulla, tutto quello che stai facendo è vero, se qualcuno ti vede uscire dal cinema o da una casa non devi temere perché stai ufficialmente uscendo dal cinema o da quella casa, lo hai dichiarato. Se Teresa telefona tu stai davvero dove stai e stai davvero con chi stai. Casomai aggiungi la presenza di un'altra persona, quando ti sembra il caso, una persona sconosciuta e di cui due giorni dopo non ricordi nemmeno piú il nome. Dici cosa hai visto, cosa hai mangiato, bevuto, chi hai incontrato, se lei è bella o simpatica o noiosa o allegra. Dici tutto. Solo che in piú, ci hai scopato – e non lo dici. Solo questo non si sa. È la tecnica che mi piace di piú, ed è anche quella piú sicura. È una condizione non sempre applicabile, sia chiaro, ma quando lo è, fa sentire davvero onnipotenti, inattaccabili.

Il concetto di quasi-verità lo applico in modo sistematico nel mio lavoro di montaggio, da anni. Quando sposto una scena, quando riprendo un primo piano, quando taglio le scene di un attore. C'è una verità oggettiva, di sostanza, che è il film come è stato scritto e come è stato girato. C'è una scena in cui il protagonista entra in casa ed è stupito e deluso per il disordine che trova. E poi ce n'è un'altra in cui è triste. Prendo il primo piano della scena di delusione e lo uso per la scena di tristezza, perché è migliore, meno intenzionale, piú sorprendente. Oppure: rimango sul piano d'ascolto dell'altro mentre c'è il monologo di uno. Il regista guarda con me e approva il tentativo, anzi spinge di piú, dice: proviamo a farlo anche in quell'altra scena. Poi: perché non togliamo tutta la passeggiata, in fondo quel sentimento si capisce già quando esce da casa, non c'è piú bisogno.

Cosí, prendiamo il film che era stato scritto e girato e lo modifichiamo lentamente, con un lavoro che tradendo le tracce ordinate, cerca di avvicinarsi ancora di piú all'essenza di quelle tracce. Quando lo sceneggiatore guarda il film, trova degli snodi narrativi invertiti, ristretti, spariti. Fa fatica a rimettere ordine in quel disordine che non si aspettava; ma se ha chiaro il sentimento fondante della storia, sa riconoscere la crescita. È l'attore che, quando guarda per la prima volta il film, si sente violentato, scippato della verità. Tutte le emozioni e le interpretazioni che aveva messo dentro sono sparite o sono cambiate di senso. Non si sente piú lui, perché il suo lavoro consiste nel mettere quel sentimento in ogni singola scena, anche senza avere una idea precisa dell'intero.

Tutti coloro che sanno cosa c'è dietro, pensano che la verità sia un'altra. E hanno ragione. Perché la mia, quella nuova, è una quasi-verità – che ha preso dai fatti tutto ciò che serviva e cerca di fare meglio, se è possibile; anche tradendoli, se è necessario. Quello che importa è ciò che rimane alla fine, ciò che il pubblico vede senza sapere che quell'espressione di tristezza in realtà era di delusione. Tutto ciò che è successo per davvero si perde, non esiste piú, viene dimenticato. La quasi-verità sostituisce la verità per sempre. A chi guarderà il film, sembrerà tutto esatto come se fosse stato concepito cosí fin dall'inizio. E il fatto piú straordinario è che col tempo anche l'attore e lo sceneggiatore si abitueranno alla verità nuova, che sostituendo l'altra la renderà ogni volta piú dimenticabile: dopo un po', finiranno per credere di aver recitato davvero cosí, di aver scritto davvero cosí.

Ho messo in piedi, a casa, un sistema efficiente di eliminazione di prove: dopo aver scopato, sul letto o sul divano o a terra o in qualsiasi altro posto, dopo che Francesca o Valeria o Silvia o chi altro se ne è andata, prendo l'aspirapolvere e faccio un percorso minuzioso ricordando dove è passata Valeria – che ha il vizio di tirarsi via i capelli mentre parla e di buttarli a terra come se fosse in mezzo alla strada; gliel'ho raccomandato un sacco di volte, ma so che lo fa con un gesto istintivo, e quando lo fa senza accorgersene ormai lascio perdere, salvo tenere a mente il punto esatto dove è caduto il capello per correre a toglierlo appena ha chiuso la porta ed è andata via.

In piú, fino a un po' di tempo fa, dovevo compiere un'operazione minuziosa e abbastanza lunga da darmi il tempo di sentirmi ridicolo, che consisteva nell'accendere tutte le luci in camera da letto per ottenere il massimo della visibilità, accovacciarmi con mosse studiate accanto al letto in modo da avere gli occhi al livello della superficie del materasso. E cominciare a guardare da un angolo all'altro sezionando centimetro per centimetro con vista microscopica dovuta a una concentrazione tale da provocare un leggero mal di testa, in cerca di un capello o di un pelo che avrebbe costituito prova tangibile del delitto – i capelli erano un'ossessione piú grande dei peli; pensavo che sui peli avrei potuto discutere e depistare e contestare, se mai davvero fossero stati impugnati come prova; sui capelli, per colore e lunghezza e visibilità, non avrei potuto fare niente. In ogni caso, bisognava fare un lavoro lungo e meticoloso, individuare uno per uno il capello o il pelo, tirarlo su con due dita e tenerlo saldo nella mano per poi andare verso la finestra e buttarlo giú; e poi tornare nella stessa posizione e ripartire con il setaccio da quel punto e andare avanti fino all'angolo opposto. Poi alzarsi e posizionarsi su un altro lato e ricominciare, sapendo che i riflessi ingannano e che peli e capelli su certe superfici e certi colori e certi tagli di luce spariscono – ma possono riapparire grazie a un punto di vista diverso.

E poi, una volta, Teresa, mentre facevamo colazione, invece di rimproverare come al solito Beatrice per aver sbriciolato biscotti su tutta la tavola, si è alzata e con aria trionfante ha detto: aspettate; ed è tornata con un aggeggio che era una specie di aspirapolvere mignon, senza fili e con un manico, lo ha acceso e lo ha passato con soddisfazione sulla tavola, in modo rapido, facendo sparire davvero tutto. In quel momento, mentre lei diceva questo aspirabriciole è la mia salvezza, ho pensato che poteva essere anche la mia salvezza. Da allora in poi, infatti, ho cominciato a usare con grande soddisfazione l'aspirabriciole, passandolo in ogni angolo del letto, sui cuscini, sulle lenzuola sopra e sotto, negli angoli piú nascosti del divano. L'aspirabriciole ha eliminato quell'operazione minuziosa della ricerca con gli occhi al livello del letto, ha eliminato ogni dubbio e mal di testa e fallibilità, e alla fine del passaggio del suo poco rumoroso motorino elettrico, maneggevole e complice, posso sentirmi sicuro. Poi passo al bagno, alla doccia, dove i capelli bagnati sono avvinghiati al tappetino e bisogna tornare al lavoro manuale, vista acuta e dita precise, per poi gettare tutto nel water, con la difficoltà di staccare le ciocche bagnate dalle mani.

Far sparire le tracce era faticoso, ma dava una soddisfazione che allungava il piacere della scopata avvenuta poco prima. Alla fine delle pulizie, facevo un giro della casa e mi sembrava di poter essere soddisfatto. Tornavo a fare le mie cose, e quando Teresa tornava, con Beatrice che urlava: c'è qualcuno?, potevo rispondere «Sí», e potevo accoglierle con una sicurezza tale che avrei potuto sfidarla, Teresa, se si fosse messa a cercare in ogni angolo della casa un capello o un pelo o una traccia qualsiasi.

E la cosa piú importante, poi, è che quando rispondevo «Sí» alla domanda di Beatrice, quel sí era assolutamente vero, se la domanda era se c'era qualcuno, se c'era per davvero, se era presente, la risposta era sí, c'ero, c'ero veramente, ero presente. E felice del loro ritorno a casa.

Tre anni fa, quando Beatrice andava ancora all'asilo, una delle prime volte che eravamo rimasti soli perché Teresa era fuori per lavoro, ero stato molto concentrato e attento: l'avevo lavata, vestita, coperta bene; avevamo preso lo zaino ed eravamo usciti, avevamo camminato con allegria, preso la scorciatoia attraverso il portone di un ristorante che qualche volta era aperto e qualche volta no, mi ero inginocchiato a darle un bacio prima di lasciarla in mezzo agli altri bambini ed ero abbastanza soddisfatto di me e di tutti i passaggi che avevo compiuto con precisione.

Andai a lavorare e nel pomeriggio, all'ora giusta, ero di nuovo davanti alla porta della sua aula, in mezzo agli altri genitori. Quando mi vide, Beatrice si mise a piangere e restò rigida mentre mi accovacciavo davanti a lei per chiederle cosa era successo.

Non le avevo messo la merendina nello zaino.

L'avevo dimenticata.

A metà mattinata c'era l'intervallo, e ogni bambino mangiava la sua merendina. Quel giorno Beatrice aveva aperto lo zaino e non l'aveva trovata. Tutti gli altri bambini a quel punto avevano la merendina, e lei no. Dissi che mi dispiaceva, capivo che era dispiaciuta, ma cercavo di rincuorarla dicendo che può capitare e che non è una tragedia.

Poi si è avvicinata la maestra, le ha accarezzato la testa per calmarla, mi ha spiegato che Beatrice era l'unica a non avere la merendina, si era messa a piangere, era disperata, ma poi lei le aveva dato un paio di biscotti di un'altra bambina. Ho detto anche alla maestra che mi dispiaceva, e lei mi ha risposto: sono cose che succedono. Ha detto cosí perché pensava che bisognasse smorzare i toni, ma l'ha detto in un modo che sembrava dicesse: è meglio che non succeda, però. Ho pensato: e vabbe', quante storie... A Beatrice ho detto che era bello che una sua compagna le avesse dato i suoi biscotti, ma lei continuava a insistere che era l'unica che non aveva la merendina. Quando Teresa tornò a casa, fu la prima cosa che le raccontò.

Ma non basta. Sono passati tre anni, quasi quattro, e ancora, quando la accompagno a scuola la mattina, in mezzo a tutte le cose che riesce a raccontarmi, ogni tanto dice: «Papà ti ricordi quella volta che ti eri dimenticato di darmi la merendina?» Davvero. Lo dice almeno una quindicina di volte all'anno. Come se non volesse farmelo dimenticare. E ci riesce, perché non posso dimenticarlo, vista la quantità di volte in cui, mentre camminiamo in silenzio o parliamo d'altro, mi dice: «Papà ti ricordi quella volta che ti eri dimenticato di darmi la merendina?»

«Ma ancora te lo ricordi?» dico io, per sdrammatizzare.

«E sí! Pensa che ero l'unica bambina quel giorno che non aveva la merendina».

Non ci vuole molto per trarre le conseguenze: è stato un trauma. Lo so. Mi dispiace aver dimenticato la merendina quella mattina. Però sono ostinato, continuo a dirle e a pensare sinceramente, e anche un po' violentemente, che non fa niente, che non è cosí importante, che non ci deve pensare piú – nella sostanza: che non rompesse il cazzo con questa storia della merendina!

Insomma, mia figlia ora ha sette anni e prova almeno quindici volte all'anno a farmi sentire in colpa perché quella mattina mi dimenticai di metterle la merendina nello zaino. E, nella sostanza, non ci riesce.

Non che non stia attento. Attraverso i film, ho imparato anche questo. Soprattutto in quelli americani, a un certo punto i figli rimproverano i genitori di essere mancati a un saggio di danza o a una partita di basket o a una recita scolastica, quando erano piccoli. Per questo, qualsiasi cosa accada, non ho mai perso una recita di Beatrice, il saggio di ginnastica artistica o i saluti di Natale. So che un gesto sbagliato, adesso, potrebbe allungarsi fino all'età adulta. Ma so di farlo per lei, non per me. Non vorrei crearle dei problemi, non vorrei che arrivasse a rinfacciarmelo come nei film che ho visto, ma non perché creerebbe problemi a me – non me ne importerebbe molto nemmeno allora – ma perché ne avrà creati a lei. Mi sembra una posizione tangibile, per niente teorica.

Mentre io temevo l'irruzione della polizia quasi ogni giorno, Teresa si comportava in modo perfetto. Non ho mai capito se avesse sospetti o no, se immaginasse un'altra vita o no. Ma non ha mai compiuto un'infrazione a tutto ciò che riteneva potesse riguardare solo me. Solo, ogni tanto, delle domande sospettose, legittime, che come tutte le ansie di gelosia legittima non colgono mai nel segno – e se accade, una volta su mille, accade in modo casuale, si dice la cosa giusta con lo stesso criterio di tutte le cose sbagliate ipotizzate fino a quel momento. Tanto è vero che non se ne accorgeva di aver colpito il bersaglio, e la questione cadeva nello stesso modo in cui cadevano quelle sbagliate.

Non ha mai spiato la mia posta elettronica in mia assenza o curiosato nei messaggi del mio telefonino. Una persona seria e rispettosa – che non temevo di meno per questo. Anzi. In fondo, mi dicevo, quando la polizia indaga, il suo primo compito è quello di non suscitare sospetti nell'indagato, dargli la sensazione che tutto continui normalmente – è l'unico modo per fargli fare passi falsi. Passi falsi che facevo quotidianamente, in modo irrinunciabile e sempre piú sicuro, perché era l'unica vita che conoscevo.

E intanto, pensavo, forse Teresa sta accumulando prove. Per questo adottavo una strategia di difesa sempre piú complessa, con l'intento di difendere me, ma anche lei, da scoperte troppo tragiche: avevo password irrintracciabili, piú caselle postali per nascondere alcune corrispondenze quasi esclusivamente porno; cancellavo di continuo e immediatamente tutti i messaggi ricevuti e scritti al telefonino; copiando la pratica che mi era sembrata geniale di Valeria, adottavo tecniche di depistaggio nella rubrica telefonica, usando un nome per un altro, in modo che soprattutto alcuni nomi sospetti, se avessero chiamato in sua presenza, non sarebbero comparsi – Teresa si sarebbe domandata, per esempio, e chi è Silvia? Ma Silvia compariva con il cognome di un assistente di Ferrante, che tanti anni prima aveva lavorato con me. Perché, diceva Valeria, non devi soltanto considerare l'ipotesi che un messaggio in cui ci diciamo che vogliamo scopare subito, venga intercettato da Teresa o da Massimo, ma è altrettanto importante che non si sappia con chi vogliamo scopare subito, e soprattutto che non si sappia che *io e te* vogliamo scopare subito, mi spiego? Si spiegava. Lei sul mio telefonino si chiama Chiara, come una lontana parente; io sul suo non lo so, perché addirittura cambia nome ogni due o tre mesi.

Il numero di volte in cui sono tornato a casa immaginando di aprire la porta e di non trovare piú né Teresa né Beatrice, o di trovare Teresa in attesa impaziente di scaricarmi addosso tutta la rabbia e la violenza, pronta a indicarmi a Beatrice come l'ultimo essere del mondo, con un pacco di prove inconfutabili in mano – il numero di volte in cui ho immaginato la polizia dentro casa che aveva già messo sottosopra ogni singola stanza, è incalcolabile, addirittura quasi quotidiano, e a tratti cosí insistente e nitido e possibile – un telefonino lasciato a casa, la notizia che Teresa aveva usato il mio computer perché il suo era in ufficio, le sue chiamate trovate sul telefonino quando lo riaccendevo, dopo aver detto che ero in un posto e invece ero con Valeria. Il numero di volte in cui ho salito le scale due alla volta e ho aperto la porta di casa con il cuore in gola, sicuro che fossimo arrivati alla fine, è un numero sfinente. Ripeto, quasi tutte le sere della mia vita. Tutti i giorni, a un certo punto, sulla strada del ritorno verso casa, ho temuto che la vita che stavo vivendo, eccitante e faticosa ma irrinunciabile, era possibile che stesse per finire, tra qualche minuto.

E invece niente. Tutte le volte, la vita era semplice e serena come sempre, alcune sere anzi mi attendeva il contrario, una bella notizia o un calore particolare, una corsa di Beatrice che urlava papà e mi saltava al collo, una cena speciale preparata cosí, senza motivo – quella splendida aria di casa della sera, dopo che era passata l'ora dell'*Almanacco del giorno dopo*, quando avevo spezzato la malinconia nei modi che mi piacevano, facendo per esempio venire due volte Francesca e chiacchierando con lei al buio per quasi un'ora, ascoltando una storia di un suo fidanzato, dandole dei consigli e ridendo di un episodio accaduto con un regista il giorno prima – e poi scattando in piedi all'improvviso, perché era quasi ora di cena e dovevo correre a casa (non c'è stata una sola volta in cui Francesca ha protestato o si è intristita, mai). Ero cosí felice di averla scampata, cosí felice di aver scopato con Francesca, cosí felice che non ci fossero state conseguenze a tutto ciò neanche oggi, cosí felice di quella serata che adesso sarebbe continuata con noi tre a cena, a chiacchierare, a raccontarci della giornata (omettendo, per quanto mi riguardava, solo alcuni particolari), a mettere a letto Beatrice, raccontarle una storia ascoltando il suo respiro che si faceva sempre piú pesante, un film visto insieme a Teresa, una coppia di amici che passava a bere qualcosa, Teresa che poi andava a dormire e io che leggevo e guardavo dalla finestra i vicini che portavano in giro i cani o che tornavano a casa tardi, e mi aggiravo nella casa silenziosa di notte. Ero cosí felice che pensavo che se non era successo nemmeno quella sera, allora non sarebbe successo mai piú, forse – era una possibilità, la possibilità su cui in fondo avevo scommesso: la polizia non sarebbe arrivata mai. Mai.

Nel momento in cui il timore di essere scoperto svaniva, l'adrenalina si trasformava in un'euforia positiva, che arrivava dal senso di onnipotenza: potevo fare ciò che volevo, non c'erano conseguenze. Anzi, ce n'erano, ma non erano negative. La cosa che può apparire spaventosa, o forse lo è, ma credo sia la verità e quindi è inutile ignorarla, è la seguente: le sere in cui stavo meglio erano quelle dopo che avevo scopato con Francesca o Valeria o qualcun'altra. Perché tutto ciò che facevo mi piaceva, ma ciò che mi piaceva piú di ogni altra cosa era stare con Teresa e Beatrice, era guardare negli occhi l'amore sereno e vivo di Teresa, che era ricambiato allo stesso modo, nonostante avessi scopato e amato un'altra donna fino a mezz'ora prima.

Perché in questi anni non ho mai smesso di amare Teresa, di desiderarla, di provare ogni giorno a essere felice con lei. A prescindere dal resto della mia vita. Anzi no, devo essere piú preciso e sincero: con il supporto energetico e interiore dell'allegria, dell'eccitazione, della soddisfazione, degli innamoramenti e dei momenti di vera felicità che la mia vita sessuale portava dentro le mie ore quotidiane in casa e nella vita di noi tre. Ero piú felice, allegro, sereno, euforico. Aveva a che fare con il sollievo di averla scampata, con l'euforia per aver goduto, con la perfezione dei tasselli che combaciavano – insomma, con la differenza tra quello che mi aspettavo fino a quando avevo aperto la porta e quello che trovavo dopo essermi richiuso la porta alle spalle, e cioè la vita familiare, allegra e serena, noi tre che finalmente tornavamo a essere noi tre dopo il lavoro, la scuola, gli sport, le telefonate e, perché no, le scopate. Tutte le serate di noi tre a casa mi piacevano, ma quelle mi piacevano di piú. Tutte le serate a casa con gli amici mi piacevano, ma quelle mi piacevano di piú; se a cena c'era Valeria, sia che avessi scopato con lei un paio di ore prima sia che avessi scopato con un'altra, sentivo questa commozione inesprimibile di armonia tra le persone che amavo, che amavano me e si amavano tra loro, ed ero allegro, brillante, energico, facevo assaggiare vini e sparecchiavo la tavola, facevo in modo che la conversazione non andasse verso terreni impervi per qualcuno. La cosa che mi sembrava altrettanto evidente, è che a Teresa in quelle sere piacevo di piú. Quell'euforia la trasmettevo anche a lei, la sentiva. Se avevamo gente a cena, mi bastava la sua mano che mi accarezzava la nuca per un attimo, passando, per capire che era con me, che le piacevo piú di quanto le piacessi di solito. In quel momento ero capace di ripercorrere il passaggio dalla paura al sollievo all'euforia, pensando che il giorno dopo mi sarebbe piaciuto riviverlo ancora, e ancora. E ancora.

Non ho mai saputo se Teresa indagava o no, intanto. Se sospettava o no. Se aveva capito tutto o se sapeva già tutto ma non gliene importava. Se come me non desiderava che io non amassi qualcun altro, ma che amassi lei. E io l'amavo, e in quelle sere l'amavo ancora di piú. Né lo saprò mai. Perché non le ho mai confessato nulla – né lo farò mai.

È stata la questione della merendina di Beatrice a rendermi definitivamente chiare le cose, piú di tutto il resto. Piú che la questione della merendina in sé, l'insistenza di Beatrice nel tempo a ricordarmela, come se avesse la percezione che altrimenti l'avrei dimenticata facilmente. E aveva ragione: mi dispiaceva per lei, ma nel profondo del mio essere, non me ne importava. Per questo continua a ricordarmelo, adesso l'ho capito: perché sa che me lo dimenticherei, davvero.

Non provo nessun senso di colpa.

È questo che mi manca, il senso di colpa. È questo il motivo per cui non me ne importa, nella sostanza, di aver dimenticato la merendina di Beatrice, di scopare con chi mi pare e soprattutto di avere altre relazioni, lunghe e importanti, mentre vivo con Teresa, la amo, vivo molti giorni felici con lei. Per questo non soltanto mi acquieto quando dopo aver temuto la tragedia scopro che la tragedia non ci sarà, ma sono anche piú contento, vivo meglio, piú felice. Per questo non m'importa di scopare con Francesca poco prima di tornare a casa, di scopare con Teresa poco dopo aver scopato con Valeria; per questo quando Beatrice e Teresa tornano a casa dopo che ho usato l'aspirabriciole per far sparire le prove del tradimento, io ci sono per davvero. Perché la mia vita, cosí com'è, nella sostanza, mi piace.

È come se qualcuno si fosse dimenticato di mettere nell'impasto dei miei composti genetici il senso di colpa. Come se mancasse una vite minuscola, ma quella vite che manca sembra estranea, perché tutto si regge bene lo stesso, anche quando si è scoperto a cosa serviva. La questione è che senza quella vite, non soltanto sono in piedi e funzionante; ma sto meglio. Vivo bene, appunto. Ho accresciuto la mia capacità di amare, ho aumentato affetto e desiderio – devo anzi lavorare per gestire un mondo fin troppo stimolante, pieno. Direi quasi al completo. La mancanza di questa vite è poi pian piano diventata una caratteristica, una facoltà. Alla fine, sto meglio quando scopo, quando passo l'aspirabriciole, quando sono sollevato entrando in casa appena ho capito che non è stato scoperto nulla. Sto meglio; vuol dire che provo una speciale eccitazione e felicità quando sono riuscito a combattere la musichetta dell'*Almanacco del giorno dopo* con mezzi di piacere; vuol dire che sento una speciale eccitazione e felicità nell'avere appena messo a posto la casa, stanato ogni singolo capello; vuol dire che provo una speciale eccitazione e felicità quando la paura di essere stato scoperto si rivela infondata. Quel momento, il momento esatto in cui mi rendo conto che il pericolo è passato, è un momento impagabile, ineguagliabile. Se dovessi, con un po' di cinismo – che non è difficile in chi manca di senso di colpa – dire qual è il momento che mi piace di piú, quello piú emozionante nella mia vita, non avrei dubbi: quando mi affaccio dal corridoio come su un baratro e Teresa alza lo sguardo dal giornale, mi sorride e dice ciao. Mi mette una tale felicità addosso, una felicità eccitata, che il pensiero di avere davanti altri giorni di terrore per le scale che poi svanirà, e svanirà cosí, con l'eccitazione e la felicità di ora, mi sembra impagabile. Non vedo l'ora di provarlo ancora.

Vivo – piú precisamente, vivevo – con la donna che amo, ho una figlia meravigliosa, amo piú o meno tre altre donne, scopo moltissimo e scopo con altre ancora: non ho rimorsi né sensi di colpa. L'unica egoistica paura che ho è che tutto ciò mi venga sottratto. L'unica altruistica paura che ho è che Teresa soffra scoprendo la verità. Nient'altro. La sofferenza di Teresa, quella mi sembra insopportabile. Ma quando capisco di averla scampata, sento che non lo scoprirà mai, o comunque che ce l'ho fatta a rimandare ancora la sua sofferenza. E che se ce la faccio oggi, e poi domani, e poi dopodomani, va a finire che ce la farò sempre. Tutto ciò di cui ho paura, diciamo anche terrore, quando poi passa, non lascia nessuna traccia.

Stavo bene, stavo meravigliosamente bene dentro questa vita cosí. Avevo solo paura che finisse. E adesso sta finendo.

Nei film le persone chiedono di continuo se gli altri sono tristi o felici. Sarà per questo che ho cominciato ad amare i film, per la specifica capacità di fare il punto sui sentimenti e lo stato delle cose. Sarà per questo che ho cominciato a fare il montatore, con l'intento di muovere la narrazione in modo che poi risultasse chiaro a che punto erano i personaggi, se si amavano o no, e che tutto scivolasse verso le scene in cui tiravano delle conclusioni. All'inizio, quando ero giovane, anch'io chiedevo alle persone che amavo se erano tristi o felici, forse lo chiedevo di continuo. Poi ho cominciato a chiedermelo da solo. Se per esempio Teresa mi diceva: dovremmo fare una cena la prossima settimana, oppure: lo scorso weekend siamo stati sempre a casa – pensavo: è triste. Mi chiedevo cosa potevo fare per non farla sentire cosí, se sarebbe bastato organizzare una cena o andare fuori per il weekend, o se addirittura non avremmo dovuto cominciare a fare cene tutte le settimane e andare fuori tutti i fine settimana, o se non dovevo essere io a proporlo (a prescindere dal fatto che poi rovinavo tutto). Mi chiedevo se questo non era il sintomo di qualcos'altro, che riguardava la nostra vita piú in generale. Cosí facevo con i miei amici, con le persone che amavo. Pensavo sempre: ma che stanno a fare qui con me? Saranno tristi, saranno felici? Sono tristi o felici nella loro vita, oppure sono tristi o felici quando escono con me o quando scopano con me. In fondo mi acquietavo soltanto quando me lo sentivo dire – non tutte le volte, ovviamente, ma ci sono delle volte in cui le persone che ti dicono mi sento triste, o sono felice, te lo stanno dicendo per davvero e non c'è nemmeno da fare la tara per crederci. È vero, e basta. È per come lo dicono. Non solo quando mi dicevano che erano felici, mi acquietavo; anche quando mi dicevano che erano tristi, era come avere finalmente una misura delle cose, a quel punto potevo mettere a confronto quella frase con quello che succedeva e mi sembrava cosí che le conclusioni sui motivi fossero elementari, visibili. Era bello se qualcuna, nuda accanto a me, si dichiarava felice e non avevo null'altro da chiedere; era concreto sentire la dichiarazione di infelicità di qualcuno, faceva subito in modo che diventasse riparabile, e già il fatto di ascoltarla era un inizio di riparazione.

Adesso, mi sembra finalmente di non chiedermelo piú. Non so se lo capisco, o se ho capito che non ha poi cosí importanza. È vero, siamo tristi, siamo felici, ma in qualche modo non è questo che conta. O che basta. O che rimane. Mi sembra che passi, o che si possa convivere con la tristezza, mi sembra che si possa convivere addirittura con la felicità, se tarda ad andarsene. Da quando non ho trovato Teresa, mi è mancata subito la vita di prima, tutta intera com'era. Ma allo stesso tempo, dopo soli due o tre giorni ho cominciato a percepire un principio di pensiero che suggeriva che ci si sarebbe potuti abituare anche a questo – ci si abitua presto alla vita quotidiana che ti è stata data. Un giorno, per esempio, sono stato l'intero pomeriggio a guardare in televisione il primo turno del torneo di tennis del Roland Garros; era bello perché passavano rapidi da un campo all'altro, facevano vedere i tie-break, le partite dei giocatori italiani, tornavano sul campo centrale e poi andavano su un campetto dove le tribune sembravano quelle di un circolo di paese, dove si vedevano anche gli altri campi intorno e per tutto il tempo ho aspettato che qualche pallina da un altro campo arrivasse in questo e uno dei giocatori dall'altro campo fischiasse, urlasse per attirare l'attenzione e uno di qua gliela rilanciasse e si sentisse un grazie (o un merci). Ma non è accaduto. Però ero lí, sono stato lí ore, non avevo altro da fare fino a quando non bisognava tornare a scuola a prendere Beatrice, non avevo responsabilità, non avevo nessuna cosa seria – non lavoravo, che è l'unica cosa che mi è rimasta – e mi è piaciuto, sono stato bene, mi sono appassionato, ho passato il tempo in modo piacevole. Nei giorni successivi, non l'ho piú guardato, non so nemmeno chi ha vinto il torneo; ma in ogni caso mi sono sentito rassicurato: questo torneo ci sarà ogni anno, una gran quantità di cose ci saranno ogni anno, posso passare ancora almeno un pomeriggio all'anno cosí. Ed è confortante, in un modo stupido e allo stesso tempo davvero molto serio che non so se riesco a spiegare.

Il primo sabato che eravamo soli, io e Beatrice, abbiamo mangiato in un ristorante qui vicino, poi siamo tornati a casa e mentre lei leggeva ho cominciato a vedere un film sul canale satellitare. Beatrice, quando ha visto un uomo solo sulla spiaggia che danzava intorno al fuoco, è corsa a sedersi accanto a me, a chiedere chi era, che faceva, poi mi ha guardato stupita e ha detto: ma è un film bellissimo, come si chiama? *Cast Away*, le ho risposto. L'hai montato tu?, mi ha chiesto, come fa spesso da quando ha imparato il mio lavoro. Le ho detto un no mischiato a una risata, non solo per l'assurdità dell'ipotesi, ma anche perché quella frase tecnica che lei pronuncia con totale naturalezza, ha sempre un effetto di comicità; ma già non mi ascoltava. Era molto attratta da Wilson, il pallone da pallavolo (credo) che Tom Hanks ha scartato dai pacchi della sua compagnia di corriere express e che una volta ha tirato lontano con la mano insanguinata e poi, riguardando il segno della mano insanguinata sul pallone, ha visto l'impronta di una faccia, con le dita come capelli. Gli ha fatto gli occhi e la bocca e ha cominciato a parlargli, come Robinson con Venerdí. Beatrice era incantata da questo dialogo e quando Tom Hanks ha perso Wilson e ha cominciato a urlare il suo nome e a cercarlo nella tempesta per tutta l'isola, era silenziosa e tesa. Mi ha stretto la mano e ha detto: ho paura. Lei spesso usa la parola paura in modo personale, ampliandone il significato. Dice che ha paura quando sta per commuoversi, quando si emoziona, quando le dispiace. Sa dire che si commuove, si emoziona e si dispiace, ma lo sa dire quando è calma. Se si agita, fa prima a dire: ho paura.

Poi mi ha chiesto di andare al mare, e l'ho accontentata. Siamo partiti subito, prima che si facesse tardi. Abbiamo fatto il bagno, io per cinque minuti, lei per piú di un'ora, mentre leggevo il giornale. Quando ho pensato che poteva bastare, sono andato sul bagnasciuga e le ho chiesto di uscire e lei ha cominciato a dire: un altro po'. Ero lí, con l'asciugamani aperto ad aspettarla e in quel momento ho visto me da piccolo al posto di Beatrice, ho visto generazioni di bambini dire un altro po' e generazioni di genitori pronti con l'asciugamani a riva, e mi sono chiesto se per davvero ero cosí, se per davvero adesso avrei avuto voglia di insistere e minacciarla e punirla o inseguirla. Se per davvero avrei avuto voglia di fare quello che il mondo si aspettava da me, ora che ero genitore; ma il fatto stesso di essere uscito da me e di guardarmi da fuori, m'impediva quasi automaticamente di comportarmi secondo i canoni richiesti. Intanto mi chiedevo come mai ero finito lí, anch'io, come se fosse una strada obbligata e qualsiasi percorso tu faccia alla fine ti ritrovi sul bagnasciuga con l'asciugamani aperto a dire: esci; e a sentire: un altro po'.

È strano guardarsi mentre fai delle cose che hai immaginato che avresti fatto, prima o poi. Era già successo qualche anno fa, la prima volta che ho accompagnato Beatrice alla lezione di musica, insieme ai genitori e ad altri bambini della sua classe. Li abbiamo accompagnati dentro, poi il maestro ha chiuso la porta. Siamo rimasti lí fuori, in attesa che finisse l'ora di lezione. A parlare delle maestre, a chiedere se uno di noi poteva la volta dopo andare a prendere anche il figlio dell'altro; a fumare sigarette e a dire: hanno quasi finito. Mentre eravamo cosí, ho capito che stavo facendo una di quelle cose che avevo immaginato che avrei fatto – esattamente cosí, come la stavo facendo – fin da quando ho saputo che stavo per avere un figlio: ero fuori da qualche parte ad aspettare che passasse un'ora e ho pensato che era esattamente ciò che mi sarebbe accaduto, un giorno o l'altro. L'avevo immaginato nel modo esatto in cui stava succedendo.

Quando è uscita dal mare, abbiamo preso il suo pallone, un super santos arancione con le righe nere, lucido perché quasi nuovo; con della tempera bianca ho disegnato la faccia di Wilson sul pallone e Beatrice ha cominciato a parlarci.

Poi siamo andati in un punto della spiaggia dove non c'era nessuno; insieme lanciavamo il pallone lontano e urlavamo anche noi, correndogli dietro, «Wilson, dove vai? Torna qui, Wilson». Ridevamo e ci sembrava una bella giornata. E anche se con il disegno di una faccia, il super santos era un legame piú profondo di quanto potesse apparire. Perché quando ero piccolo come Beatrice, giocavo con un super santos identico a questo – e mai avrei immaginato che avrebbe resistito cosí a lungo da far giocare poi anche mia figlia, dopo decenni. Era come il voltaren, non aveva trovato successori, non si era evoluto, non era stato sostituito da nulla di meglio. Beatrice lo rincorreva urlando e a questo punto non posso escludere che anche suo figlio potrebbe farlo.

Era euforica perché sapeva che la madre sarebbe tornata; ero euforico anch'io perché in qualche modo, quel pomeriggio, avevo capito che non dovevo aspettarla piú.

Quella sera abbiamo dormito insieme, come facciamo sempre quando Teresa non c'è, ci infiliamo nel letto e le racconto una storia fino a quando non si addormenta oppure ognuno legge il suo libro. Quella sera leggevo e Beatrice aveva smesso, si era messa in un angolo del mio cuscino e mi accarezzava. Poi mi ha detto:
«Papà, stai diventando vecchio?»
Non preoccupata, incuriosita.
«Perché dici cosí?»
«Perché stai facendo la pelle morbida».

Le ho sorriso, ma mi sono sentito male perché è vero e perché è quello che penso ogni volta che mi sento addosso la pelle. E lei ha capito, perché ha aggiunto:
«Ma ora sei ancora giovane».
È stato bello da parte sua, però era troppo tardi.

Teresa è tornata il giorno dopo.
È tornata, sei giorni dopo essere sparita – sei giorni senza farsi sentire né dare notizie, sei giorni in cui ho capito pian piano che tutte le persone che conoscevamo non sapevano niente, in cui la madre di Teresa mi ha urlato al telefono che il suo diabete era al massimo e lei non avrebbe preso piú le pillole se Teresa non si fosse fatta viva. Era una dichiarazione di suicidio che la metteva all'improvviso al centro della storia; quindi ho faticato a recuperare la posizione di coprotagonista del dramma, perché insomma le parti principali dovevano essere quella di Teresa e la mia; Beatrice (per la prima volta sullo schermo) si poteva considerare anche lei una coprotagonista, quella piú simpatica e per la quale il pubblico avrebbe tifato e avrebbe detto a ogni apparizione quant'è carina, quant'è tenera; ma la madre di Teresa no, aveva un ruolo marginale e in fondo, se pure si fosse lasciata morire di diabete, il pubblico avrebbe pensato non a lei, ma alla reazione della figlia quando l'avrebbe saputo. Avrei montato un primo piano di Teresa nel momento in cui viene a saperlo.
Era domenica mattina. Abbiamo sentito il suono del citofono e Beatrice ha chiesto chi è. Ero arrivato in corridoio quando l'ho sentita urlare: è mamma!

Un'estate di tanti anni fa, insieme a due amici, andammo al campo di atletica di Formia. Da quelle parti andavo in vacanza da quando ero nato. Eravamo tre ragazzini in un pomeriggio d'estate, alla ricerca di qualcosa di eccitante. Ci avevano detto che si poteva provare a entrare, e noi ci avevamo provato. Un signore, all'ingresso, si era soltanto raccomandato: però non date fastidio.

Poco dopo eravamo in un campo di atletica enorme, con delle statue intorno. Non c'era nessuno, se non laggiú in fondo un uomo in tuta che, accanto all'asticella e al materasso, mostrava a una donna come alzare la gamba prima di saltare. Continuava a fare lo stesso movimento e la donna lo imitava con precisione. Noi eravamo venuti per lei, ci avevano detto che si allenava lí tutti i giorni, e infatti c'era. Ci guardammo raggianti e ci avviammo pian piano verso la donna e il suo allenatore, come se riuscissimo a non farci vedere.

In quegli anni Sara Simeoni era tra le migliori saltatrici del mondo insieme a un paio di altre; una volta vinceva, un'altra arrivava seconda, terza. Saltavano, lei e le altre, un metro e novantasei centimetri, o novantasette, novantotto. Insomma, si diceva sempre che lei o una delle altre, presto, avrebbero superato il muro dei due metri. La questione era chi ce l'avrebbe fatta per prima. Noi volevamo che fosse Sara.

Era un pomeriggio caldo, ci mettemmo seduti in mezzo al campo, non troppo vicino, per non dare fastidio. Lei provava la corsa, provava lo stacco, provava a saltare, faceva questo per un sacco di tempo, mentre il suo allenatore, che era anche suo marito, Erminio Azzaro, le dava consigli ogni volta, urlava rabbioso, le parlava dolcemente accarezzandole i capelli. Stavano lí ore, e anche noi non ci stancavamo di stare in silenzio e guardare, o di fare un commento ogni tanto, bisbigliando.

A un certo punto, Azzaro venne verso di noi. Ci chiese come mai eravamo lí, cosa pensavamo di Sara; ci disse che gli allenamenti erano lunghi e noiosi, ma non c'era un'altra strada per diventare campioni. A un certo punto, uno di noi lo disse: ma Sara, ce l'avrebbe fatta o no a saltare i due metri?

Lui ci guardò con un sorriso e poi rispose:

«Ma lei già li salta».

Pensavamo che scherzasse. Allora ci disse di seguirlo. La Simeoni ci guardò, per dire: e ora cosa vogliono.

Azzaro, davanti a noi, le chiese di farlo.

Era nervosa e docile, come per modestia. Ma disse: va bene. Misero l'asta a due metri insieme a noi che dovevamo controllare ed eravamo eccitatissimi e increduli. Sara Simeoni andò nel punto dove cominciava la sua corsa e si concentrò. Poi partí e saltò, ma l'asticella cadde. Fece un altro tentativo, senza che noi dicessimo una parola, senza che Azzaro le dicesse altro che un suggerimento. E poi la terza volta prese la rincorsa e saltò e l'asticella non cadde.

Aveva superato i due metri.

Si alzò e non ci guardò nemmeno. Azzaro le disse ancora qualcosa, come se avesse sbagliato. Ma nessuno dei due era entusiasta. Sara continuò. Lo fece ancora almeno un paio di volte. Due o tre volte sbagliava, una volta ce la faceva. Poi saltò i due metri ancora per due volte consecutive. Noi eravamo esterrefatti, eravamo andati al campo a guardarla perché volevamo vedere come si allenava l'italiana che un giorno avrebbe saltato i due metri, perché eravamo sicuri che un giorno ce l'avrebbe fatta. Eravamo andati a controllare che andasse tutto bene, e anche un po' per farle capire che c'erano dei ragazzini che si aspettavano qualcosa da lei. E lei lí, per noi, solo per noi, lo fece e noi scoprimmo che lo faceva già da tempo. E ci riuscí piú volte. Però, come ci spiegò Azzaro, lei i due metri sapeva saltarli qui, nello stadio vuoto. Ma in gara, davanti a migliaia di persone, alle televisioni, alle avversarie, alle medaglie, era tutta un'altra cosa. Il suo corpo era già pronto, ma la sua testa aveva bisogno di piú tempo per arrivarci.

La prima volta che abbiamo scopato, io e Valeria, è stato nove anni fa. Avevamo cominciato a fare lunghe telefonate nel tardo pomeriggio, quando tornavo dal lavoro e prima di uscire con Teresa. Poi una volta che ero a casa, è venuta a trovarmi, siamo stati a parlare sul divano per ore, fino a quando il sole ha cominciato a tramontare, poi è sparito, e mentre si faceva buio nessuno dei due faceva il gesto di accendere la luce. A un certo punto, al buio, restava evidente che dovevamo baciarci. Lo abbiamo fatto, a me piaceva ma non è che avessi tutta questa voglia di scoparci, perché appunto non mi sembrava una che chissà quanto volesse scopare. Poi l'ho spogliata, ho intravisto abbastanza sorpreso un corpo che mi piaceva e che non avevo per nulla percepito come era in realtà, le mie mani sono scese fino al culo e ho toccato un culo del tutto inaspettato, l'ho girata mentre lei mi guardava stupito e le sono entrato dentro da dietro, tenendola un po' ferma. Sono venuto subito. Poi siamo rimasti sul divano semispogliati e un po' ansimanti. Infine lei ha detto:
«Ma tu fai cosí?»
Ho risposto: «No».
Nessuno dei due, in quel momento, avrebbe potuto immaginare una relazione lunga (finora) nove anni, intanto che l'amicizia ufficiale è proseguita senza intoppi, con

qualche vacanza estiva tutti insieme – con me e Valeria che scopavamo in fondo alla spiaggia o in casa quando tutti erano al mare, appoggiati alla finestra in modo da vedere attraverso le tendine se qualcuno arrivava all'orizzonte; con l'amicizia tra Valeria e Teresa che è diventata solida (a tal punto che Teresa non ha creduto nemmeno per un secondo che potesse essere vero quello che aveva detto Vittorio); insomma tutto ciò che è alla luce del sole è serio e sereno e vivo, è una quasi-verità, appunto; ma quello che accade di nascosto tra me e Valeria da anni è solo nostro, è forte e irrinunciabile. Lei ha una casa dove abita suo fratello, ma che può usare quando vuole. È una specie di monolocale con una terrazza e alle volte al buio abbiamo scopato sulla terrazza. Lí non ci porta solo me, ma anche altri uomini e donne – perché a Valeria piacciono uomini e donne. Ci vediamo lí, mi aspetta e quando entro, ancora non posso crederci dopo nove anni, Valeria è ancora la Valeria che conosco fuori da questa porta. È vestita in modo semplice come veste lei, porta dei reggiseni e delle mutande assurde, e cioè di una semplicità casalinga disarmante. Il suo corpo è nascosto. Lei non pensa ad altro che a scopare, in pratica, eppure tutto questo diventa vero solo quando diventa concreto, quando cominciamo a baciarci e la sbatto contro il muro. Quando si china sul mio cazzo e quando si spoglia con aria veloce e furtiva – ed è capace, se non scopiamo per un mese, di vergognarsi di essere completamente nuda davanti a me. Si butta sul letto e si contorce, scherzando, per coprirsi, ma la verità è che non scherza, si copre davvero. Per dire, dopo che abbiamo scopato per nove anni, le è ancora impossibile fare pipí mentre io sono in bagno. Non ci riesce. Eppure, nella vita non fa altro che scopare o pensare di scopare; eppure quando scopa, da quando comincia a quando finisce, è grandiosa, vuole un solo orgasmo che prepara a lungo e che tiene a bada il piú possibile, arrivandoci sempre piú vicino, prima di fermarsi, e a volte arriva a fermarsi sei sette volte consecutive, mentre si muove all'inizio di un orgasmo incontrollabile si ferma di nuovo e lo fa andare via e mentre sta andando via ricomincia a muoversi per richiamarlo. Ha tette non grandi ma non piccole, ha un culo davvero bellissimo, una schiena molto lunga. Dopo poco, comincia a graffiarmi piano sulla schiena o a pizzicarmi all'improvviso in un punto che non mi aspetto e mentre reagisco con uno scatto di allentamento istintivo, mi tiene vicino a sé stringendo le gambe e mordendo qualsiasi parte del corpo si trovi vicino – la spalla, il collo, la gamba, il petto. Quando mi morde mi eccito molto e le do colpi violenti tenendola ferma, e lei a questo punto dice: non mi fare male; io so che sta dicendo fammi male e comincio a farle male, con attenzione, non per lei ma per me, perché mi eccito troppo e posso venire senza controllo. E lei non vuole; nemmeno io voglio. Perché vuole scopare a lungo per controllare l'orgasmo e poi venire da sola, per poi essere a mia completa disposizione, per dirmi dopo: dimmi oggi come vuoi venire. Però comincio a darle dei morsi, la giro con forza e le do dei morsi sul culo forti e lunghi, da farle male e da lasciarle segni e lividi che non saprò mai come fa a nascondere, poi. A quel punto è lei a ritrarsi istintivamente, ma senza urlare nemmeno quando le faccio male, solo soffrendo. E cosí cominciamo a lottare: lei che si vuole sottrarre ai miei morsi, ai miei schiaffi sul viso, ai miei pugni sulla schiena, e intanto vuole attaccare, mordermi e farmi male, e mi stringe con gambe forti, con gli addominali segnati si alza al di sopra di me e cerca di mettermi sotto per infilarsi il cazzo dentro fino in fondo e approfittare del mio piacere per darmi schiaffi e mordermi. Il gioco è proprio questo: voglio cercare di lasciarti dei segni cosí dopo sono cazzi tuoi come fai a casa. È il gioco che fa lei con me e io con lei. Alla fine del gioco, vince, la faccio vincere, perché è questa la strategia che abbiamo messo in atto, e poi avrò la mia ricompensa. Lei è sopra e io sono sotto e mi ordina di muovermi e di fermarmi, di sbatterla e di bloccarmi, intanto che si muove con ritmo e facendo dei cerchi con una consapevolezza di sé che mi lascia ammirato e che mi ha sempre fatto pensare che in fondo è cosí, basta che tu voglia una cosa e una sola, basta che nella tua vita ti concentri su un piacere o un dovere o una passione e spendi la maggior parte del tuo tempo per quella e alla fine – sempre, sempre, sempre – quella cosa diventa tua, ne sei padrone, la sai decodificare, capire, fare. Come Valeria con il sesso. Cosí alla fine, quando vede che non ne posso proprio piú di continuare a trattenermi, allora questo orgasmo che allontana quando è sul punto di venire e avvicina quando è sul punto di farlo andare via, lo accoglie fino in fondo, e nonostante io sia lí, in pratica quasi non esisto piú, esiste il mio cazzo e i miei colpi e il suo corpo che si muove con sapienza e incoscienza allo stesso tempo, senza piú controllo ma con la razionalità di essere stato portato fin lí. Valeria viene con una serie di spasmi che appaiono dolorosi per quanto sono profondi, per quanto sono pieni di piacere, compiuti, quasi come – mi sembra a volte – Beatrice che neonata era felice al cento per cento di mangiare. Ecco, i suoi spasmi poi non finiscono ma vanno scemando molto lentamente, e subisce dei contraccolpi improvvisi e violenti, come dei residui di piacere che debbono ancora fuoriuscire, come quando si tirano fuori le ultime gocce di bagnoschiuma dalla bottiglietta quasi vuota ma non ancora vuota. In questi momenti Valeria sembra posseduta, sembra una scena dell'*Esorcista* o di un film del genere, ed è come se fosse l'inizio di qualcosa di spaventoso, soprattutto quando è tutto finito e i suoi spasmi sono radi e improvvisi. A quel punto, in un film il suo corpo si squarcerebbe e da lí uscirebbero degli esserini mostruosi e grondanti liquido e sangue che andrebbero a distruggere il mondo.

Solo quando ha finito, quando è rimasta ancora un po' su di me, schiacciandomi, mi dice: come vuoi venire?

Dico come voglio venire. La maggior parte delle volte,

però, non rispondo. Quando non rispondo, lei si muove e io mi muovo, si inginocchia e allarga un po' le gambe e punta le braccia sul letto e inarca la schiena come se la sua natura fosse quella di vivere a quattro zampe. Gira la testa sopra la spalla e da questo momento mi guarda fisso – cerca di farlo almeno, perché qualche volta deve muovere la testa per il piacere, altre volte per il dolore, altre volte ancora perché le tiro i capelli spingendole la testa dietro fino quasi a strapparle ciocche intere. La scopo da dietro, e qualche volta glielo metto in culo, e mi piace perché è piú stretto e problematico, per questo piú avvolgente; perché è un simbolo dell'immaginario, che vale sia come conquista («Gliel'ho messo in culo» o anche soltanto «L'ho messo in culo») che come senso di potere intanto che lo fai («Ecco, ora sto nel suo culo»); è eccitante per chi ama il culo, cosa parziale che deve sempre essere mediata dal pensiero, perché basterebbe infilarlo *da* dietro, e la posizione, e la vista e la sensazione, è quella. Ma poi il pensiero di possederlo, di averlo, di starci dentro, di fare un po' piú male; la presa, la tenuta delle mani sui fianchi, il potere eccitante, averlo sotto gli occhi e posseduto e intanto godere senza misura.

Sia che la scopo da dietro, sia che glielo metto in culo, sia che faccio prima uno e poi l'altro, il suo culo tra le mani e davanti ai miei occhi mi piace e comincio a colpirlo, le do grandi schiaffi sul culo, lei non ce la fa a parlare e fa segno di no con la testa, come se chiedesse di smetterla ma non vuole e la colpisco con piú violenza fino a quando vengo spingendola con forza, fino a quando lei non trova un muro contro cui appoggiarsi e tenersi e difendersi in qualche modo.

Se penso a Valeria, in qualsiasi momento della giornata, ho sempre un'erezione immediata e difficile da far sparire. Continuo a ricordare dei momenti delle nostre scopate, o quella volta che ballava con Elena, una ragazza molto giovane innamorata di lei, e si baciavano e si toccavano guardandomi per provocarmi: da allora per tre mesi ho scopato con Valeria di continuo perché ero pazzo di eccitazione. Anche perché Valeria continuava a promettermi che l'avrebbe convinta a scopare con noi, e invece Elena non voleva saperne, ha detto che non vuole vedere maschi nel raggio di tre chilometri. Oppure mi basta solo ripensare all'ultima volta, quando Valeria è andata di là, nuda, l'ho vista camminare, e quell'immagine ce l'ho in mente, fissa, e la guardo, la guardo e ho nostalgia, ho voglia che ritorni presto, cosí ricominciamo da dove avevamo lasciato, ne ho bisogno. Quando arriverà la prossima volta (adesso mentre ci penso ho un'erezione che mi tira tanto da farmi male agli adduttori), è ovvio, subito la farò saltare sopra e mi muoverò aspettando quei suoi colpi finali in mezzo a parole sconce e gesti violenti; poi però di nuovo la girerò e anche stavolta glielo metterò in culo.

In piú, oltre a una frenesia sessuale perenne, provo per Valeria un amore sereno, solido, che mi fa commuovere per la durata e la stabilità. Ed è da questo amore, secondo me, che nasce la serenità con cui tutta la nostra intimità si affievolisce fino a diventare invisibile in mezzo agli altri, anche se c'è non si vede davvero, viene sostituita da un sentimento che tutti possono vedere, basta tenere a bada l'eccitazione. Valeria, che è molto brava, lo sa fare. Poiché lo sa fare, finisce per non eccitarmi, come se mi avesse fatto un incantesimo.

Il corpo di Valeria è agile e muscoloso, possono vederlo tutti. La sensualità e la femminilità non sono visibili a tutti, perché Valeria si nasconde, sembra spostare l'attenzione su altro, sempre, e invece l'unica cosa che le importa nella vita è il sesso. Tutti i suoi movimenti sono diretti a procurarsi sesso, anche se non si vede. È sposata da diciassette anni con Massimo, ma stanno insieme da quando erano ragazzi. Massimo è un giornalista abbastanza conosciuto ma per niente bravo, secondo me, perché ha tutti i difetti dei giornalisti: parla di tutto senza sapere niente, si occupa di tutto ma non gli importa di niente, spiega sempre che per ogni accadimento c'è un motivo meschino dietro, o un complotto o un accordo segreto, che conosce solo lui. Di solito, quando siamo a cena con amici, dopo un monologo di Massimo sulle verità nascoste, c'è un silenzio deprimente. Valeria non lo ha mai amato, o forse ha creduto di esserne innamorata quando non avevano ancora vent'anni. Gli vuole bene ma il tempo passa e l'insofferenza verso i comportamenti del marito è sempre meno controllata. Non sa nemmeno lei perché non si sono lasciati, però ormai esclude che accadrà.

Valeria ritiene che nella nostra relazione abbiamo due atteggiamenti molto diversi: lei sta con me da anni perché non ama il marito e ama me ma io sto con una donna che è sua amica, a lei va bene cosí, per questo motivo non c'è altra possibilità che questa, stare insieme in una relazione clandestina che ormai è una specie di secondo matrimonio. Mentre io amo lei ma amo anche Teresa, amo Teresa in modo serio e profondo – e Valeria è testimone di questo piú di altri. Quindi è chiaro che la sua mancanza di senso di colpa e la mia mancanza di senso di colpa sono del tutto diverse. È per questo motivo che ha formulato per me la sua teoria; non c'è altra possibilità, dice: sono l'unico essere umano completamente privo di inconscio. Quindi, spesso, dopo aver scopato, si mette a fare ipotesi su come si comporterebbe l'uomo senza inconscio, come mi chiama lei. Dice che un giorno o l'altro mi porterà a un convegno di psicanalisi, e lascerà che si facciano esperimenti sul mio inconscio, come una cavia: secondo lei gli psicanalisti si comporterebbero come i dinosauri prima di scomparire, quando si sono resi conto del primo elemento di disturbo che sembrava loro infinitesimale e battibile, ma che allo stesso tempo rappresentava qualcosa di angosciante: la distruzione totale.

Di solito ti fanno fare un gradino alla volta, come con la percentuale d'arancia nel succo d'arancia. All'inizio scrivevano sulla confezione, con aria trionfante: con il quaranta per cento di arancia!, e sembrava tantissimo. Poi hanno continuato ad aumentare la dose, ma di un punto percentuale ogni tanto. Anno dopo anno hanno aumentato di un po'. È stressante e non finisce mai. Adesso c'è scritto 80, 85, 92 per cento – un po' come il record del mondo di salto in alto, che cresce un centimetro alla volta – e ti chiedi cosa aspettino a metterci il cento per cento di arancia visto che si tratta di quello, di succo d'arancia.

Mi ero preparato alla separazione con Teresa, tutto qui. E adesso mi sembrava di esserci già dentro, anche se era ancora tutto da chiarire. Non che questo voglia dire che quando le cose accadono sono come le avevi immaginate, ma se le hai immaginate è come se ti fossi allenato e un po' sai come rispondere.

Beatrice ha aperto la porta, continuava a dire «Mamma» mentre entrava e usciva in preda all'eccitazione. Si metteva davanti alla porta dell'ascensore e ascoltava i movimenti, i rumori, guardava giú, rientrava. Io ero fermo in mezzo al corridoio, in pigiama. Non sapevo cosa fare, l'unica cosa che mi occupava la mente era: mi metto un pantalone o rimango cosí? Mi sembrava un momento importante, mi scocciava affrontarlo in pigiama; d'altra parte, avevo difficoltà a muovermi, a decidermi, e l'ascensore ormai stava salendo. Beatrice era piantata davanti e la luce dell'ascensore le ha illuminato prima le gambe, poi fino alla faccia. Si sentivano voci, come se Teresa non fosse sola. Beatrice si è buttata urlando tra le gambe di Teresa, prima che riuscisse a uscire dall'ascensore. Anche Teresa ha urlato «Amore!» e per un po' di secondi non le ho viste piú. Poi sono uscite dall'ascensore tutt'e tre, Beatrice, Teresa e Alessandra; Teresa e Alessandra avevano le lacrime agli occhi per la commozione. Beatrice ha detto: «Dài mamma, non piangere», e tenendola per mano la trascinava dentro casa.

Alessandra ha detto: «Mamma piange perché è contenta di vederti».

«Lo so», ha risposto Beatrice; e poi mi ha avvertito: «Papà, c'è anche Alessandra!»

Ho dato due baci sulle guance ad Alessandra, imbarazzati e frettolosi. A Teresa ho detto: «Ciao, come va?»

«Va bene», ha detto lei. Ma non ci siamo nemmeno guardati negli occhi. Poi hanno cominciato tutt'e due a parlare a Beatrice in modo seduttivo ed entusiasta, dicendole quanto sarebbe stato meraviglioso passare la domenica con Alessandra, andare allo zoo e al cinema e poi dormire a casa sua, dormire nel letto grande insieme a lei e guardare i cartoni a letto e poi andare a scuola domani in macchina. Beatrice le ascoltava e a prescindere da quello che dicevano, era il tono che la entusiasmava, dal tono capiva che doveva entusiasmarsi e lo faceva, cominciava insieme alla madre a cercare un pigiama pulito, un libro da leggere, una valigetta dove mettere la roba. Qualche volta si fermava ad abbracciare Teresa e le poggiava la testa nel collo, si immalinconiva, diceva che era tanto tempo che non stavano insieme e per questo non capiva perché doveva andare a dormire da Alessandra; Teresa diceva che aveva ragione, ma lei e papà dovevano andare a fare una cosa urgente, che poi domani pomeriggio sarebbe andata a prenderla a scuola e sarebbero state sempre insieme; Alessandra interveniva e aumentava il numero delle attrazioni di quella giornata e della mattina dopo, fino a sedurla di nuovo. Non era facile, ma ci stavano riuscendo. Ascoltavo dal soggiorno, facevo finta di fare cose ma tenevo l'orecchio teso, sapevo che Teresa voleva restare sola con me e parlare. Era sensato, necessario; mi faceva impressione questa organizzazione messa in piedi in modo perfetto, già in pieno funzionamento. Poi Alessandra è venuta di qua, le ho fatto un caffè, abbiamo parlato di Beatrice e di altro, come se non stesse succedendo nulla, come se Beatrice andasse a dormire a casa sua nello stesso modo in cui era accaduto altre volte. Come se lei mi avesse detto che sapeva dove stava Teresa e quando sarebbe tornata. Non ci guardavamo negli occhi, ci agitavamo leggermente, io ero in pigiama, lei era come era sempre, assomigliava a Teresa nei gesti, il fatto di essere amiche da tanti anni aveva finito per farle diventare simili. E dovevo ammettere che era uno dei motivi per cui mi piaceva.

Teresa e Beatrice sono rimaste tanto tempo chiuse in camera, a parlare e giocare. Alla fine tutto era pronto. Potevano andare. Beatrice ha salutato a lungo e con cura la madre, e all'inizio non capivo, sembrava quasi che si fosse dimenticata di me. Poi invece, ho capito che mi aveva lasciato per ultimo, come se fossi l'elemento piú fragile. A questo punto ho faticato a trattenere la commozione. Mi ha salutato piú volte con tenerezza, è tornata indietro dalla porta ed è venuta a baciarmi, poi lo ha fatto di nuovo, ridendo, come se fosse un gioco ma non lo era nemmeno per lei, quando mi ha abbracciato e alla fine dell'abbraccio mi ha fatto una carezza. Quando Alessandra era già dentro l'ascensore, lei non entrava per continuare a guardarmi. Teresa è dovuta andare di là perché ha capito, ha capito che Beatrice mi stava chiedendo di fare qualcosa, mi stava chiedendo di farcela. Come se avesse affidato a me la speranza che al suo ritorno potesse ritrovare quell'armonia perduta da tempo, di sicuro sparita nelle ultime settimane. E nell'ultima, aveva visto sparire anche la madre. Credo che stesse chiedendomi di fargliela ritrovare al ritorno. Questo, forse.

Quando se ne sono andate, ho chiuso la porta. Io e Teresa siamo rimasti soli. Se aveva organizzato tutto con precisione, doveva dirmi qualcosa. Toccava a lei. Girava per casa con movimenti rapidi, indaffarata; come se davvero

fosse stata via per lavoro e adesso aveva la solita frenesia di rimettere la casa a posto e allo stesso tempo di rimproverarmi il disordine senza rimproverarmelo, soltanto mostrandomi la sua fatica. Il telefonino era lí in cucina, dove lo aveva lasciato, ma non aveva nessuna intenzione di accenderlo. Dopo un po', l'ho raggiunta dov'era, in camera da letto, e mi sono fermato a guardarla sulla porta, mentre cambiava le lenzuola. Mi ha detto:
«Ho da fare un po' di cose. Parliamo dopo».

Qualche mese fa, ho incontrato per strada Monica, una ragazza che era stata mia allieva quando avevo insegnato al Centro sperimentale. Era una ragazza molto bella: era alta quanto me, aveva spalle larghe, gambe lunghissime e un seno grande e forte. Era anche molto giovane, aveva ventuno anni. Quando aveva partecipato al mio corso ne aveva diciannove, mi guardava con ammirazione ma non ci avevo badato troppo perché non mi attirano le donne molto giovani: le sento distanti, inesperte, mi danno la sensazione di non avere ancora abbastanza dolore concreto; nella sostanza, mi sembrano poco interessanti, e se devo dire la verità fino in fondo, non sono alla ricerca di una perfezione fisica, degli stimoli della giovinezza, dell'ammirazione intellettuale. Ecco, mi dà fastidio un senso di superiorità, il ruolo di pigmalione. Allo stesso modo, peraltro, non amo provare senso di inferiorità. Mi piacciono persone che sono come me, che hanno gli stessi problemi, la stessa curva di dolore, il peso delle esperienze e una certa disperazione. Mi piacciono persone come me, che conservano la loro bellezza nell'imperfezione, nelle tracce di decadimento.

Però Monica era molto bella, e quella volta per strada – non ricordavo nemmeno il nome e ho usato la tecnica di presentarla a un mio amico dicendo il nome del mio amico per fare in modo che rispondesse lei con il suo – mi ha abbracciato con istinto e mi ha detto quattro volte quanto era felice di rivedermi. Ci siamo scambiati il numero di telefono, ha detto che se andavamo a bere qualcosa insieme mi avrebbe chiesto dei consigli. Le avevo risposto che l'avrei chiamata, perché in quel momento, in modo generico, ho provato desiderio – avrei voluto scoparmela. Poi me ne sono dimenticato.

Una sera, ero da solo a casa, Teresa e Beatrice erano al mare, dovevo andare al cinema con degli amici ma non mi andava. Ho cominciato a scorrere la rubrica del telefonino e quando ho visto il suo nome, l'ho chiamata. Non per quella sera, ormai, ma per i giorni successivi. Lei non ci sperava piú, ha detto, certo che voleva vedermi, quando volevo, anche adesso, subito.

«Passa di qui», le ho detto. «Poi andiamo a berci qualcosa».

L'appuntamento era alle nove. Alle dieci meno un quarto, Monica non arrivava. Aveva il telefonino spento. Penso che sono ancora in tempo per il cinema, quando arriva una telefonata: è il commissariato di polizia di zona. Mi passano Monica: trattiene le lacrime mentre mi dice che un tossico l'ha minacciata con la siringa e l'ha derubata di tutto. Dice con una voce che non le posso aver mai sentito: «Mi vieni a prendere?»

Quando arrivo, è seduta a una scrivania, di fronte a un poliziotto che batte a macchina la sua denuncia. È vestita come una ragazza del clan di Celentano agli inizi degli anni Settanta, ha perfino la fascia nei capelli come Claudia Mori. Sono già dietro di lei quando dico «Monica», si gira, la abbraccio da dietro, mi abbasso e la bacio sulle labbra. Non so perché. Forse per quel mi vieni a prendere?, cosí impaurito e intimo. Rimane immobile, mi guarda con sorpresa, però quando l'ho toccata tremava, dopo il bacio non piú. Mi siedo accanto a lei e le tengo la mano. Nella sostanza, non ci conoscevamo; per il poliziotto, eravamo fidanzati o una cosa del genere. Era sconvolta, aveva avuto molta paura. La lunghezza della denuncia le ha dato il tempo di calmarsi.

Poi siamo andati a casa. Sul divano, parliamo un po'. Poi mi avvicino per baciarla.

«Perché?» mi chiede prima di baciarmi a lungo. Vuole parlarne, vuole capire cosa succede, cosa penso, cosa ci succede. Parliamo e ci baciamo molte volte. Le dico che voglio una storia, che sia seria e leggera.

«Conosco tutti i contro. Ma quali sono i pro?» mi chiede.

Nessuno, le rispondo. Voglio provarci perché mi piace, con tutta l'insensatezza che vuol dire quello che dico.

Lei dice che va bene. Dice proprio cosí: «Per me va bene. Però dobbiamo cominciare piano, vederci un po': ne ho voglia ma deve accadere solo se vale la pena».

La accompagno al motorino, perché ha paura. Non parliamo di montaggio, anche perché scopro che lei non se ne occupa piú. Ha solo il tempo di dirmi che domani va a lavorare: posa nuda per delle pittrici – dice «pittrici» come se ci tenesse a dirlo. Immagino il suo corpo nudo e mi eccito molto. Penso che deve avere un corpo bellissimo. Ma ha detto che dobbiamo aspettare.

Le mattine, nella mia situazione, sono molto propizie. All'inizio non mi piacevano, mi sembravano tristi, stonate. Poi pian piano mi ci sono affezionato. Hanno un pregio particolare, quello di non dover contenere l'attesa troppo a lungo. Da quando ti svegli, passi poco tempo ad avere a che fare con il desiderio. E poi ci sono questi visi assonnati, la luce che invade le stanze da neutralizzare con penombre artificiose. Il caffè, prima o dopo.

Abbiamo scopato la volta successiva. Una mattina che Teresa era fuori città per lavoro. È venuta a casa dopo che ho accompagnato Beatrice a scuola. Tutte le cautele, davanti al desiderio che era maturato e alla possibilità concreta di stare soli, non si sono presentate insieme a lei. Mentre ci baciavamo le ho infilato la mano sotto la maglia e lei si è stesa chiudendo gli occhi. Siamo andati in camera da letto e abbiamo scopato, senza indecisioni. Come succede spesso la prima volta, con un po' di impaccio e senza consumare troppe possibilità. Avrei voluto guardarla di piú, studiarla a lungo, nuda come in posa per le pittrici, ma non era il caso: è una ragazza di ventuno anni che tendeva a tenermi stretto mentre chiudeva gli occhi per il piacere. Poi si è rivestita subito.

Cosí ho scoperto cos'altro c'è che è inquietante nel corpo di una ragazza di ventuno anni: è serio, marmoreo; quindi fa sentire vecchi e vergognare del proprio – del resto per la prima volta nella mia vita c'è qualcuno che mi fa sentire vecchio, questo è quello che posso dire di lei (solo dopo, Beatrice mi ha *dimostrato* che sono vecchio). Lei dice che le è piaciuto tantissimo. A me è piaciuto, ma c'è qualcosa che non mi fa stare bene fino in fondo, penso che sia questa percezione della vecchiaia, oppure il fatto che la bellezza mi dà soggezione e mi tiene un po' esterno a quello che accade: Monica è alta e larga, ha spalle, torace e schiena e gambe lunghissime, imprendibili, un seno che sotto la maglia non potevo credere fosse senza reggiseno, per quanto era sodo. Un corpo che non si afferra, tanto è marmoreo e grande. Però, forse, ho avuto un'altra percezione, anche se poco chiara, quindi la respingo perché non ne sono sicuro. Siamo andati a pranzo insieme e mi ha detto che quando l'ho chiamata la mattina per l'appuntamento e le ho detto che avevo perso tempo davanti alla scuola – in realtà avevo avuto bisogno di prendermi il tempo necessario per ritornare in me ed essere pronto a fare l'amante – era davanti allo specchio e stava mettendo il topexan per i brufoli.

«C'è qualcosa che non va», ha detto ridendo, «se tu hai una figlia che va a scuola e io ho ancora i brufoli».

In effetti c'è qualcosa che non va, ma non sono i suoi brufoli, che ci sono ma stanno sparendo – e comunque si vedono solo se ci stai attento. Al limite, non va il topexan, perché anche io da ragazzo mettevo il topexan ogni mattina, e ora che lei me lo dice mi chiedo come sia possibile che dopo tanti anni ci sia ancora il topexan, mi chiedo anche come mai cominciano a essere così tante le cose che resistono al tempo in modo insensato e ingiustificato. Comprendo che l'umanità avanza con un atteggiamento poco minuzioso, e si lascia dietro un sacco di cose trascurabili, ma che finiscono per essere importanti quando rappresentano la sua incongruenza.

Il rapporto, a questo punto, è tra le cose che durano, quelle passeggere e quelle che si trasformano.

All'inizio della mia vita di padre, il tempo che passavo con mia figlia, quando l'accompagnavo a scuola o andavo a prenderla, quando le facevo da mangiare o facevo un gioco con lei, avevo l'impressione che fosse un tempo di passaggio: le volevo bene, stavo benissimo con lei, ma avevo sempre la sensazione che avrei dovuto essere da qualche altra parte al più presto; tra i compiti della mia vita ora c'era quello di padre e lo svolgevo come dovevo, e così stavo con lei e mentre stavo con lei pensavo che stavo sottraendo tempo a quello che avrei dovuto fare, qualsiasi cosa dovessi fare; sia chiaro, non c'entra nulla con ciò che provavo: il mio amore per Beatrice era immenso, ma non avevo percepito che si dovesse esprimere con del tempo da passare con lei; pensavo che le due questioni fossero separate – amarla e stare con lei. Poi pian piano ho capito che quel tempo che passavo con lei mi piaceva (mi piaceva perché la amavo), era un tempo legittimo, non era un tempo di passaggio ma era il tempo da vivere, che non stavo sottraendo niente a niente e che bisognava solo che ci stessi dentro e non come prima quando aspettavo che finisse. Da quel momento in poi, ho capito quanto mi piacesse. Da quel momento in poi, lei mi ha attirato dentro l'incantesimo che comincia con la luce del sole che delimita l'uscita dal portone di casa.

Dopo aver bevuto il caffè, aver fatto colazione, essermi lavato e vestito, aver preso Beatrice per mano e aver sceso le scale con lei, apro il portone e facciamo insieme un passo verso la luce; quando respiriamo la prima aria della mattina, succede qualcosa che si è concretizzato tra noi con il passare del tempo: da questo momento fino a quando non mi dà un bacio davanti al portone della scuola, come san Francesco che si spoglia degli abiti allontanandosi dalla casa del padre, mi scivolano via di dosso, rapidamente e in successione, la percezione di essere un uomo, un marito, un amante, un montatore e via via tutte le altre identità possibili. La strada è breve, ma già quando abbiamo percorso trenta metri, già quando stiamo per girare il primo angolo, io sono nient'altro che un padre.

Quindi, mi lascio andare a questa passeggiata né breve né lunga con Beatrice, tenendole la mano o no, sconcertato ogni mattina dalla perdita di tutta una parte di me ma allo stesso tempo con il desiderio di volermela godere tutta, perché – non so come è successo, ma è successo – Beatrice di mattina mi racconta sempre una quantità di fatti e riflessioni sulla sua vita che io non conosco e che non dice a nessun altro in nessun altro momento della giornata. È di mattina che mi parla di quello che succede a scuola, di quello che mangia, cosa ha imparato, chi la fa soffrire. È di mattina che cerca di capire un sacco di cose e mostra di ricordarne tante altre. È di mattina che mi ricorda ogni tanto la questione della merendina. È di mattina che mi ha detto che tutti dicono che starnutire è una cosa brutta, invece a lei è una delle cose che piacciono di piú al mondo – e quando mi ha chiesto se piaceva anche a me, le ho risposto sí prima per una complicità superficiale, ma poi mi sono reso conto di aver capito cosa voleva dire, e che davvero è una frazione di secondo piuttosto piacevole. È di mattina che mi fa delle domande tipo: «Ma perché nei cartoni dicono sempre: stai pensando anche tu quello che penso io?», oppure «Perché tutte le cose si fanno sempre domani?»; oppure mi fa decine di domande sulla befana, babbo natale, gesú, il paradiso, le nazioni, gli alberi, i nonni, gli antichi romani, l'energia elettrica nelle città. Poi mi dice: «Dimmi qualche altra cosa che io non so, cosa c'è che io non so?» Quando rispondo alle sue domande precise e difficili, mi guarda con stupore, alzando la testa ma senza fermarsi e mi dice: «Ma tu come fai a sapere tutte queste cose?» Le rispondo che leggo un sacco di libri, leggo i giornali, mi informo. Dopo averci pensato un po', con la fatica sintattica che ha in questa età in cui i pensieri sono piú complessi delle frasi che è capace di organizzare, mi dice: forse tu lo sapevi che facevi una figlia che si chiamava Beatrice, e che poi diventava grande e cosí tu hai letto tutte queste cose perché poi io te le chiedevo.

Quando lascio Beatrice davanti alla scuola e rifaccio il percorso al contrario, mi sento svuotato, irriconoscibile: mi ricordo che devo comprare il giornale, ma non sono un lettore di giornali, non in questo momento; che devo andare in sala di montaggio, ma non sono un montatore. So tutto questo, l'ho conquistato giorno dopo giorno per merito e per colpa di quel sorriso di Beatrice la mattina; però dopo averla accompagnata a scuola non mi sento nemmeno cosí. Non sento piú niente. Ero un padre, fino a pochi minuti fa, soltanto un padre; adesso anche quella funzione precisa di accompagnare mia figlia a scuola, di stare con lei in modo completo, di ascoltare con attenzione e coinvolgimento ogni sua parola, anche quella è alle spalle. Adesso, fino a quando la vita non mi tornerà addosso, per un tempo che dura minuti e a volte anche alcune decine di minuti, non sono piú niente. È una sensazione spaventosa e di libertà totale, allo stesso tempo. È come il suo starnuto.

Ora, in quei minuti, non saprei esprimere amore per Teresa, non saprei guardare una donna per strada come ho sempre fatto, non saprei provare desiderio, quando il desiderio riempie una fetta molto grande delle mie giornate. Cammino per strada e conto i miei passi, mi concentro, mi guardo intorno e mi dico che questa è la vita, questa è la mia vita, ma non riesco a entrarci dentro, non per ora almeno.

Quello che proprio non va lo scopro la volta successiva, quando faccio venire Monica in sala di montaggio una sera, perché so che non c'è nessuno in giro, tranne il custode che sa che spesso lavoro fino a tardi. Sistemo il divano e stavolta cerco di scoparla con calma, di godermela.
Monica non ha culo.
O meglio, ha un culo piccolo, che fa una figura ancora piú scialba con il perizoma. L'altra volta c'era confusione, stavolta no. La giro e la guardo e la seguo quando si alza, nuda, per rivestirsi, dopo che con molta difficoltà sono riuscito a venire. Perché nel momento esatto in cui ho visto il suo culo, anzi piú precisamente il suo non-culo, ogni desiderio se n'è andato, ho faticato a conservare l'erezione, è stata solo concentrazione e volontà, ma già mentre scopavo ho capito che non ci avrei scopato mai piú, che la nostra relazione stabile e senza pro – adesso senza il pro fondamentale del culo – sarebbe morta senza possibilità di salvezza, e poiché era una persona che mi piaceva, sarei stato cauto e avrei inventato qualcosa che non la offendesse ma non ci avrei scopato mai piú nonostante la sua bellezza, i suoi seni perfetti, la giovinezza e l'allegria. Ha tutto ciò che per me è eccitante, tranne il culo. Solo che il culo è fondamentale. Il culo per me è fondamentale non solo per il sesso, anche per i sentimenti. Perché di Moni-

ca mi stavo invaghendo, la chiamavo ogni giorno, e poi l'ho girata baciandole i seni, la pancia, il fianco, era finalmente nuda davanti ai miei occhi mentre si stendeva sulla pancia e io mi alzavo sulle ginocchia per guardarla intera dall'alto – quando ho visto bene il suo culo non è andata via solo l'eccitazione, ma l'eccitazione si è portata via tutto, mentre la guardavo insieme all'eccitazione se ne andava via l'invaghimento e qualsiasi altro sentimento e non avevo piú nulla da dirle. Nulla.

Ma queste sono cose che non si possono spiegare. Quindi stavolta devo inventarmi qualcosa per chiudere una storia che per me non può andare avanti in nessun modo. Di solito non invento nulla, posso essere gentile ma ho una sincerità quasi ingiustificata quando non ho voglia di scopare con qualcuno, o quando non ho voglia di scoparci piú. Ma stavolta quello che è successo è troppo personale e impossibile da dire – e infatti per Monica non c'è nessun segnale di una fine del nostro rapporto appena cominciato. Non ci può essere. Allora devo inventarmi qualcosa di non differibile; devo mentire. E la menzogna piú efficace diventa quella di parlarle del pericolo del nostro rapporto, del suo fascino, della sua bellezza, della sua giovinezza, del suo corpo, della vita che si porta dietro e che sembrerebbe trascinarmi con sé; alla fine, nella sostanza, con malinconia e stupore verso me stesso per l'esagerazione, nel momento in cui mi rendo conto che non provo piú niente per lei a causa di quello che per me è piú di un difetto fisico (e nella realtà non è nemmeno un difetto fisico), mi ritrovo a dirle che non ci possiamo piú vedere perché sono troppo innamorato di lei. Nel momento in cui il nostro rapporto appena cominciato non ha all'improvviso piú alcun valore per me, le dico che è troppo importante, destabilizzante. Le parlo di Teresa e di Beatrice, di ciò che provo per loro, le dico davvero cosa provo per loro per mettere accanto a una menzogna esagerata una verità concreta. Monica non può fare altro che capire, perché l'ho messa in un angolo da dove non può uscire se non avendo comprensione.

Questa bugia, poi, nel tempo, ha assunto un carattere mostruoso nel mio ricordo, è l'unica bugia che ho detto nella mia vita che non riesco a tollerare, che non scompare, non riesco a scacciarla via; sul momento aveva funzionato, ma dopo è rimasto un rumore di fondo, come se fosse un altro *Almanacco del giorno dopo*, un almanacco che compare ogni tanto e che ripropone la mia voce che parla di innamoramento; mi fa venire voglia, quella volta che compare, di rintracciare Monica e chiamarla e di dirle in modo precipitoso: ascoltami, quella volta non volevo dire proprio cosí, non volevo dire che ero troppo innamorato di te, lo so che adesso a te non importa, ma è necessario che quando ripensiamo a quel momento, non ci pensiamo nel modo in cui ci pensiamo adesso, io con disagio e tu con orgoglio. Ti ho mentito, le direi – ma anche questa volta tralascerei la questione del culo, credo.

La prima idea di corpo di donna che si è formato nella mia mente è stato un corpo televisivo – a lungo, in seguito, sono stato sedotto da corpi televisivi, bidimensionali e lontani, in cui cercavo una dimensione erotica da mettere a fuoco. Era una campionessa di nuoto della Germania Est: Kornelia Ender. Le spalle di Kornelia Ender, estensione massima delle spalle, sono state il colpo di fulmine dell'infanzia che cominciava a scoprire l'altro sesso e da allora quell'idea di donna, l'idea di Kornelia Ender, è stata decisiva: non ho mai avuto donne con le spalle piccole. Poi una volta che aveva vinto la medaglia d'oro alle olimpiadi, esultò con rabbia e poi si sollevò sulle braccia per tirarsi fuori dall'acqua e in quel momento il mio sguardo invaghito scoprí che Kornelia Ender non aveva solo le spalle ma anche un culo forte, muscoloso, ampio. Una scena che mi turbò profondamente. Se la bellezza delle sue spalle mi rassicurava, quando uscí dall'acqua mi prese una strana improvvisa malinconia. La parabola non si è ancora conclusa, perché come è accaduto con Monica ho già lasciato donne che non avevano il culo, e soprattutto ho smesso di interessarmi a loro appena si giravano e allontanandosi mostravano una mancanza. Una volta, avevo diciotto anni, ho smesso anche, all'improvviso, di essere innamorato follemente di una ragazza che pensavo sarebbe stato l'amore della mia vita. Era restia a ogni contatto fisico, era faticoso ottenere qualcosa di concreto, ma una volta riuscii finalmente a sbottonarle i jeans e a infilare la mano sul culo: non lo trovai, trovai uno strato di pelle molle e di modesta quantità. Non me ne resi conto, ma nel giro di un paio di settimane non ne ero piú innamorato, senza spiegarmi il perché. L'ho capito con gli anni, quando ho compreso senza fare piú resistenze che il culo per me è un elemento decisivo, imprescindibile, quando ho smesso di lottare contro questa percezione perché la giudicavo una caratteristica maschilista orribile, e ho capito che lottare era inutile, mi imponevo una distrazione o una censura ma non serviva a nulla perché non avrebbe cambiato la natura della cosa: non riesco ad amare una donna senza culo.

Se non c'è un corpo che mi attira per davvero, se una donna è bella intelligente e divertente ma è ossuta e non ha specialità desiderabili, per me non esiste sessualmente, e se non esiste sessualmente non riesco piú a immaginare una relazione. Anche se è speciale, ma non ha il corpo che mi ossessiona poi quando sono solo, già so che farò di tutto per non vederla piú. Questo significa che sono diventato piú mostruoso – ma poi ricordo: sono sempre stato cosí.

Non dimentico la prima volta che ho visto il culo di Teresa. L'avevo conosciuta con alcuni amici, poi la ritrovai una sera in palestra. Si avvicinò e chiacchierammo, aveva un body e una calzamaglia nera; aspettavo che se ne andasse perché avevo già capito tutto. Quando finalmente si allontanò dirigendosi verso la sala dell'aerobica, potei guardarle il culo ed ebbi la conferma di ciò che avevo sospettato: aveva un culo pazzesco. Quindi mi piaceva. Quindi le chiesi se alla cena di compleanno di un amico comune volevamo andare insieme. Cominciò tutto da lí.

Il corpo di Teresa è il corpo che mi piace di piú. Che mi eccita e mi ha eccitato sempre, o quasi sempre, in tutti questi anni. Ci sono state pause brevi. Lei, per esempio, è piú stanca di me. Le piaccio di meno, mi pare, di quanto lei piaccia a me.

Tutte le volte che si è spogliata davanti a me, da quando ci siamo conosciuti fino al giorno in cui non l'ho trovata piú, non ho potuto fare a meno di guardarla, di provare un desiderio anche flebile, anche distratto, ma quasi sempre il desiderio non è stato né flebile né distratto. Il suo seno grande, il torace ampio, i fianchi morbidi, le spalle – di ogni parte del suo corpo non ho mai sentito nessuna stanchezza. Quando è successo, poche volte, in estate, che per il troppo caldo si è addormentata completamente nuda al mio fianco, non sono riuscito a dormire. Ho passato notti ad addormentarmi e a svegliarmi di colpo, con il pensiero che lei era nuda accanto a me. Non osavo svegliarla e scoparla, avevo paura che le scocciasse, o che non si sentisse rilassata – anche se so che le piace essere desiderata, ma non sempre. Invece, ogni volta che è nuda, io la desidero sempre. Si addormenta pancia in giú e testa tra le braccia e la guardo, la accarezzo qualche volta. La sua schiena scura, il suo corpo dorato e il suo culo perfetto sono per me un turbamento continuo, difficile da contenere. Una specie di sofferenza. Alle volte sono felice di vivere insieme a un corpo che mi piace cosí tanto, alle volte avverto un senso d'angoscia, perché vorrei essere anch'io piú sereno, piú distaccato, meno concentrato, meno ossessionato dal suo corpo, visto che ci convivo. Meno ossessionato dal suo culo, che è quasi grosso ma non è grosso, quasi ampio ma non è ampio.

I bei culi bisogna saperli vedere anche davanti, dall'attaccatura delle gambe. È difficile che ti freghino, e Monica mi aveva fregato perché la bellezza del torace e delle spalle, il seno cosí grosso mi avevano deconcentrato. È sempre colpa di Kornelia Ender: nessuna donna con le spalle piccole può deconcentrarmi, ma una con le spalle grandi sí, mi trae in inganno facilmente, perché ritorno all'istinto korneliano e penso che se uscirà dall'acqua ci sarà anche il culo sodo korneliano. È un automatismo.

Cosí faccio per strada: incrocio una donna e quando mi piace abbasso gli occhi e guardo un fianco. Se ha l'attaccatura morbida, che è come se spezzasse in due il corpo, come se fosse una bambola montata tra la pancia e il ventre, allora so cosa c'è dietro – e a quel punto faccio davvero il maschio, sorrido o sono serio davanti, faccio un cenno di saluto addirittura se conosco, poi quando il suo campo visivo non può piú controllare le mie mosse, quindi già quando è al mio fianco e stiamo per allontanarci, giro la testa lentamente e guardo se ho ragione, e ho sempre ragione.

Il mio capolavoro d'intuito l'ho raggiunto qui vicino, allo sportello delle poste. C'è una donna che ha circa trenta anni o forse meno. È lí da poco. La prima volta che l'ho vista, mentre aspettavo in fila, lei era seduta, si vedeva solo fino a sopra la pancia. Era davvero bella, ma non bastava: mi aveva turbato. È stato un attimo, ma ho capito: doveva avere un culo splendido. Da quel momento in poi, ho sperato che andasse verso gli uffici sul retro ma non per verificare – ne ero sicuro – solo per vederlo. Quando si è alzata ed è andata, aveva davvero il culo che avevo immaginato, guardando solo un mezzo busto.

La prima volta che ho visto il culo di Francesca è stato una sera, alla fine della giornata di lavoro; stava con noi da poco, era seduta su una vespa, aggrappata a un amico, stavano andando via: il suo culo sembrava tenerla piú in alto del sellino; il culo di Valeria, invece, e non capirò mai perché, non lo avevo visto fino a quando non si è spogliata la prima volta – e mi chiedo ancora come sia successo (posso sbagliare anch'io, certo). La prima volta che ho visto il culo di Silvia è stato nella piscina termale di un albergo di Malmö. Fino a quel momento le avevo parlato con sufficienza, da quel momento in poi non le ho piú tolto gli occhi di dosso.

Un culo che mi piace tanto non è condizione sufficiente, è ovvio, però è condizione necessaria. Uno dei culi che è stato per piú tempo primo in classifica – ma era un tempo in cui non c'era nessuna delle donne che conosco ora, nemmeno Teresa – è stato quello di Cristina. Era perfetto, e poiché quando era vestita sembrava avesse un culo eccezionale, fu molto sorprendente scoprire quando la spogliai che era davvero perfetto. Avrei dovuto fotografarlo, penso ogni volta che penso a lei. Perché man mano che il tempo passa ricordo il senso di perfezione, ma la percezione reale è sempre piú sfocata. Veniva a casa e si spogliava e non riusciva in nessun modo a raggiungere l'orgasmo, non con me ma in generale, da sempre, diceva, era il suo problema, diceva, e forse per questo aveva un'aria svanita ed era allo stesso tempo cocciutamente sensuale e disinteressata. Non raggiungeva l'orgasmo, mai, ma il fatto piú inquietante non era questo: era che era sempre vicinissima all'orgasmo, ogni volta e per lungo tempo; diceva spesso «Ecco, ecco...» ed era molto concentrata su questo ultimo segmento che mancava e che mancava sempre alla fine, e per quanto io (e gli altri, probabilmente, ma questo non lo sapevo) resistessi e mi impegnassi a far durare la scopata il piú a lungo possibile in modo che il breve spazio da coprire, l'ultimo tratto, venisse finalmente coperto, percorso, saltato – tanto che nonostante Cristina fosse una bella ragazza con un culo bellissimo e dai propositi bellicosi, nonostante si agitasse e spingesse, io chiudevo gli occhi e non la toccavo, e subito dopo aver cominciato a scopare toglievo le mani dal culo per non sentire il piacere, per aspettare a lungo, il piú a lungo possibile – e alla fine, quando esausto raggiungevo l'orgasmo (e quando, probabilmente, lo raggiungevano gli altri, ma questo non lo sapevo) lei sempre, sempre, diceva: che peccato; oppure urlava: no, no, proprio adesso – perché stavolta, proprio stavolta e proprio in quel momento, sentiva che stava finalmente per farcela. Tutto questo creava uno sconforto in tutti e due, un'umiliazione in me che pure avevo fatto di tutto ma ero ancora una volta deludente e ancora una volta per un solo attimo non ero riuscito in un'impresa che ormai si sarebbe definita storica; e uno scoramento in lei, che era stata sconfitta a un passo dal traguardo per l'ennesima volta, questa volta era proprio la volta buona e chissà se sarebbe arrivata cosí vicino, ma cosí vicino, anche un'altra volta. Ma a prescindere dalla frustrazione continua che si provava nel fare l'amore con lei e nel sentirsi dire no!, ogni volta nel momento del piacere, la caratteristica di Cristina non era solo il culo, ma era l'odore della fica. Che per i miei problemi non posso definire addirittura *buon* odore, ma che messo a confronto con tutti gli altri sí, poteva al limite anche definirsi cosí, perché aveva una sua neutralità, come se fosse filtrata, anzi, come se fosse lontana e a distanza di sicurezza anche se era vicinissima.

Beatrice, una mattina, poche settimane prima che Teresa se ne andasse, scendendo le scale, si ferma ad aggiustare il risvolto dei pantaloni e poi con voce distratta mi fa una domanda:
«Che dici, vado con lo scuolabus?»

E poi mi guarda, ma senza intenzione.
«Perché?» le chiedo.
«È divertente. Mettono anche le multe».
«Le multe?» le dico, mentre mi raggiunge e mi prende la mano per continuare a scendere insieme.
«Ma non le multe vere. Delle multe dello scuolabus che dicono a quelli che mettono le macchine in posti sbagliati di non farlo piú».
Lo scuolabus è una iniziativa del quartiere: dei volontari vanno a prendere i bambini a ogni angolo di strada e li accompagnano a scuola a piedi.
«Ti piacerebbe?»
«Non lo so», dice lei.
Sono inquieto. La cosa che vorrei dire adesso, inginocchiandomi davanti a lei e accarezzandole i capelli, è: non farlo. Ho bisogno di questa passeggiata la mattina piú di te, è la cosa piú bella della giornata. Non me la togliere.
Ma poiché so che non devo dire cosí, e poiché non solo so ma sono convinto che quella poesia di Gibran dica la cosa giusta, e cioè i tuoi figli non sono figli tuoi ma figli del mondo, che devi crescerli e amarli per renderli liberi e non per tenerli legati a te il piú possibile – allora dico:
«Se ti va, vacci. Deve essere divertente».
«Sí. Penso di sí. Però è molto divertente anche andare a scuola con te o mamma la mattina».
Mi fa incazzare un po' il fatto che dica «te o mamma» a proposito dell'andare a scuola, visto che la accompagno sempre io.
«Devi farlo solo se ti va. Perché noi possiamo accompagnarti».
«Lo so. Se dovete lavorare tantissimo e andare presto la mattina, allora...»
«Ma noi possiamo accompagnarti sempre la mattina. Gli altri genitori lo fanno perché devono andare a lavorare alle sette e mezza o alle otto, per questo hanno bisogno dello scuolabus».

«Ma si può andare anche perché è divertente!»
«Sí, certo. E infatti se vuoi, puoi andarci».
Ecco: siamo fuori, in strada. La luce che colpisce gli occhi. Adesso giriamo lentamente i nostri corpi verso destra, e dopo un secondo di esitazione, facciamo il primo passo.
«Ma no, dài. A me piace di piú andare con te».
Vorrei quasi esultare. Abbracciarla.
«Come vuoi», dico. E di questo non parliamo mai piú.
Credo sia impossibile spiegare a chi non ha figli cosa sia avere un figlio. Perché non è il contrario di non averlo. È qualcos'altro. Solo fino a quando non hai figli puoi pensare a una simmetria tra assenza e presenza: quando poi ce l'hai, scopri che sono due condizioni non alternative, ma senza legame: infatti ti sembra di non riuscire piú a spiegarlo, ti sembra che i pensieri che avevi prima erano ingenui. Avere un figlio è qualcosa che sposta la vita in un angolo inimmaginabile prima; un angolo che non esisteva.

Quella mattina in cui è nata Beatrice, andando al bar, mentre avevo quel sorriso scemo e quella sensazione sconosciuta, mi era sembrato di intuire qualcosa che poi avrei dipanato nei mesi e negli anni a venire. Era un'intuizione confusa e magmatica ma che aveva a che fare, nella sostanza, con l'irreparabile.
Quella mattina, per la prima volta nella mia vita, sentivo di non poter tornare piú indietro.
Avevo fatto miliardi di cose, incontrato persone, amato, odiato, studiato, lavorato, avevo compiuto azioni belle e orribili, avevo fatto tante cose e per ognuna delle cose che avevo fatto nella mia vita, fino ad allora, c'era un rimedio. Si poteva tornare indietro. Probabilmente era vero, ma se anche non lo fosse stato non aveva importanza, lo avevo vissuto come vero. Da quella mattina in poi, sentii questo sentimento di irreparabilità. Quello che era successo, non era piú modificabile. Tutto avrei potuto ripor-

tare indietro di quello che avevo fatto nella mia vita, ma Beatrice no. E non per anni: per sempre. Per tutta la mia vita. Era una cosa che da quella mattina c'era e ci sarebbe stata sempre, senza altre possibilità.

E nonostante questo evento cosí enorme per le caratteristiche che aveva – la prima volta nella mia vita che non avrei potuto dire: ci ho ripensato, ci rinuncio – avevo come un sapore buono nel palato, e nello stesso tempo una parte di me continuava a innervosirsi per uno spruzzo di cacao nel cappuccino.

Insomma, era successo qualcosa di davvero grande, che aveva cambiato la mia percezione del tempo – adesso non si poteva piú tornare indietro; e allo stesso tempo c'era una parte di me che avrebbe resistito a qualsiasi cosa, anche a quella piú importante, per continuare a imporre a me stesso le mie insofferenze e qualcosa di immodificabile del mio carattere.

Teresa compie un movimento che non vedo, perché è in un'altra stanza. Forse si è rialzata o si è liberata di un peso, perché lo fa in sintonia con un sospiro teatrale. Un sospiro che vuol dire: va bene, sono pronta. Mi siedo sul divano e aspetto che arrivi. La sento armeggiare nella borsa, uno scatto e poi mi sembra di sentire puzza di bruciato. Ma poi arriva. Si siede accanto a me. Guarda dalla parte opposta, poi avvicina qualcosa alla bocca e quando la toglie le sue labbra fanno un piccolo schiocco e poi cacciano fumo.

«Stai fumando?» dico molto sorpreso.

«Me l'hanno data», risponde Teresa facendo cenno con la testa verso la finestra, per indicare qualcuno lí nel mondo.

«Ma tu non fumi piú».

«Qualche volta sí».

Stiamo cosí, in silenzio. Teresa non mi guarda, guar-

da verso la finestra e ogni tanto fa un tiro dalla sigaretta. Anche io non la guardo, guardo prevalentemente a terra, ma quando lei porta la sigaretta alla bocca la osservo e continuo a sorprendermi; devo fare uno sforzo per non chiederle di nuovo: stai fumando?
Poi fa l'ultimo tiro, soffia il fumo fuori, non sa dove spegnere la sigaretta e la mette in piedi sul tavolino, facendo piano per cercare l'equilibrio. Il mozzicone rimane lí, eretto, con un filo di fumo che sale lento.
«Ti ho visto», dice.
La guardo, perché non so cosa dire. Poi lo dico.
«Quando?»
«La sera dello sciopero. Credevo te ne fossi accorto. Poi ho capito che no».
Non riesco piú a parlare.
Anzi, quasi non riesco a respirare.
«Sai quanti giorni sono passati?» chiede con voce rabbiosa.
«Tre settimane».
«Venticinque giorni. Venticinque. Ti rendi conto?» Non c'è supplica nella sua domanda, soltanto indignazione. «In venticinque giorni non hai detto una sola parola su quella sera».

Per quale motivo una percentuale di me avrebbe resistito, avrei dovuto indagarlo. Per quale motivo, nonostante la sensazione di irreparabilità, mi sentissi cosí felice, avrei dovuto indagarlo. Sí, certo, la paternità e tutta quella roba lí. Ma il tempo ha reso piú preciso ed evidente in cosa consisteva la sensazione di irreparabilità: e cioè che, da un certo punto in poi della mia vita, un punto che cominciava quella mattina al bar in modo sfocato e che nei mesi e negli anni avrei messo a fuoco fino a diventarne consapevole, io *non avrei voluto piú* tornare indietro. Nonostante cominciassi a sentire il peso degli anni e di conseguenza sentissi che il ricordo dell'infanzia, dell'adolescenza e della giovinezza allontanandosi assumevano un valore sempre piú mitico, io non avrei voluto piú vivere una vita, non avrei voluto piú vivere in un mondo in cui Beatrice non esisteva – nemmeno avendo la certezza di vivere una vita in cui un giorno Beatrice sarebbe arrivata. Non ero piú disposto a esistere senza questa irreparabilità, e dunque era questa l'essenza dell'irreparabilità. Volevo vivere una vita dove nella stanza accanto, quando mi svegliavo, dormiva Beatrice, in cui ascoltavo il suo pronto al telefono, in cui c'erano le colazioni lunghissime della domenica, ballavamo scatenati ascoltando la musica, ci mettevamo un sacco di tempo per fare pace dopo aver litigato, inventavo favole assurde le sere in cui non riusciva a dormire, la aiutavo a scegliere i vestiti da mettere, le ordinavo di spegnere la tivú ignorando con intenzione la sua richiesta di altri cinque minuti, sentivo il suo piede a contatto del mio corpo quando era triste e le bastava questo tocco per provare sollievo; e una grande quantità di altre cose insignificanti delle quali non ritengo piú possibile poter fare a meno.

L'irreparabilità, insomma, era esattamente ciò che desideravo.

Due

Forse è per Kornelia Ender che era sempre in piscina e io sentivo, davanti al televisore, il profumo dello iodio. Forse è perché anche il primo sogno erotico che ricordi, che probabilmente ha inaugurato la mia adolescenza, ha a che fare con la televisione; con le due donne del varietà che il sabato sera apparivano con capelli appena lavati e curati, trucco studiato, abiti elegantissimi. Per anni ho sospettato che quel sogno fosse un'invenzione sofisticata dell'età adulta, per raccontarmi un evento mitico della mia pubertà. Ma la nitidezza degli eventi è inequivocabile: può darsi che abbia sognato anche altro, riguardo al sesso, ma davvero quel sogno sconvolgente è il mio primo ricordo. Era il periodo di *Milleluci*, un varietà del sabato sera con uno studio televisivo enorme e vuoto, in fondo una specie di gigantesco collage di foto e titoli di giornale; una notte di quel periodo, probabilmente un sabato notte dopo la trasmissione, avevo sognato che Mina con un abito lungo bianco e Raffaella Carrà con una minigonna vertiginosa erano entrate in camera da letto (era quella dei miei genitori, ma c'ero io in mezzo al letto enorme) e avevano cominciato a spogliarmi e ad accarezzarmi, ridendo un po' tra loro; la cosa straordinaria e indimenticabile era che Mina e Raffaella Carrà erano molto attirate da me, questa sensazione era molto precisa, erano affascinate, eccitate e già d'accordo per fare sesso con me. Insieme. Io, Mina e Raffaella Carrà. Insieme. Come facevano insieme *Milleluci*, cosí Mina e Raffaella Carrà volevano insieme scopare con me. L'impatto di questo ragazzino che era seduto sul letto dei suoi genitori, con Mina e Raffaella Carrà che lo spogliavano, fu devastante. Tanto che quando cominciarono a spogliarsi loro (soprattutto, anche questo lo ricordo bene, ero curioso di vedere Raffaella Carrà, che mi sembrava molto prosperosa – nella sostanza, già mi sembrava che avesse il culo?, mentre Mina aveva qualcosa di simile a mia madre e per questo mi interessava di meno), l'emozione di vedere Mina e Raffaella Carrà (soprattutto Raffaella Carrà) che tra poco sarebbero state nude e sarebbero salite sul letto dove aspettavo e guardavo, all'improvviso mi strappò dal sonno, con violenza, e la nitidezza del ricordo della delusione, la nitidezza del ricordo del disperato tentativo di riaddormentarmi subito per riacchiappare quell'istante rimane ancora oggi, devo confessarlo, uno dei momenti piú dolorosi della mia vita, di quel dolore simbolico (altri momenti sono stati piú seriamente dolorosi, certo) che ti fa passare rapido nella coscienza – anche nella coscienza di un ragazzino di non ricordo quanti anni, ma pochi – il pensiero che c'è qualcosa di inadeguato nello stare al mondo, di infinitamente minuscolo, come se quella volta si fosse rivelata la distanza tra me stesso e i miliardi di anni che compongono il mondo e la vanità del tutto. Se mi fermassi a riflettere su quella notte, di cui sorrido pur sentendo ancora il dolore, se ci pensassi ora a quello strappo che mi aveva tirato via dal momento culminante, dovrei riflettere su troppe cose riguardo a me stesso. Eppure, subito dopo, il dolore si è infilato sotto, ai margini della coscienza, e la scena di sesso con Mina e Raffaella Carrà – di sicuro era stato un sabato notte, appena dopo averle viste a *Milleluci* – ha preso corpo ed è diventata concreta grazie al ricordo del luogo, dei movimenti, della percezione, e mi ero masturbato per mesi sulla nitidezza di quel sogno, ma mai mi era riuscito realmente di immaginare un corpo nudo di Mina e un corpo nudo di Raffaella Carrà (soprattutto di Raffaella Carrà), solo qualcosa di sfocato e confuso che però riusciva a portarmi a una rapida eiaculazione. E in ogni caso, se Kornelia Ender aveva l'odore dello iodio, Mina e Raffaella Carrà erano completamente inodori.

Ancora, forse anche perché la prima volta che ho provato un piacere vero ha a che fare con l'odore di una crema dopobagno passata sulla pelle liscia sotto un vestito d'argento, nel sottoscala di un palazzo, e poiché lei non voleva sporcare il vestito si era girata e l'aveva alzato e si teneva con una mano alla ringhiera, tutti e due senza respiro e con l'orecchio teso a sentire se arrivava qualcuno dal garage.

Forse per chissà quale altro motivo, del sesso ho sempre amato l'odore di pulito. L'odore dello iodio e di quella crema dopobagno, appunto. Per questo il momento sublime è il momento d'inizio, proprio il punto in cui i due corpi si denudano. Lo sguardo sulla nudità, e l'odore di pulito che sento arrivare, che sento sul mio corpo. Qualcosa di – come dire – asciutto. Ecco cosa. Quando ancora gli umori non sono entrati in funzione. Perché, anche se cerco di ignorarlo, o di comportarmi al meglio per non far trapelare questo dispiacere, quell'odore non mi piace.

L'odore della fica. Anzi il maleodore della fica. Ho sempre avuto un particolare olfatto per sentire il suo arrivo. Come se la mia specializzazione arrivasse al punto di sentire quell'umore un attimo prima che cominci a diffondersi. Ho un'idea precisa e una percezione precisa della diffusione individuale di quel maleodore per ognuna delle donne con cui sono stato. Perché ogni fica ha un odore (maleodore) diverso. E quindi in ogni momento ho potuto stilare anche una classifica – una classifica diversa e poco piacevole rispetto a quella dei culi, ma che non potevo fare a meno di considerare. Perché anche questa è stata piuttosto determinante.

Per questo motivo, l'odore della fica di Cristina, che nella sostanza era soltanto un maleodore mancato (e chissà se era legato alla disperata mancanza dell'orgasmo a cui arrivava sempre cosí vicino), è un ricordo cosí piacevole a paragone di tutti gli altri, e pur essendo stato un rapporto di breve durata, conservo un ricordo di lei cosí affettuoso che quando la incontro la abbraccio con commozione, come se dovessi sempre ringraziarla di qualcosa.

Quella sera di venticinque giorni prima, quando c'è stato lo sciopero dei treni, salgo le scale con lentezza e intanto cerco nella tasca le chiavi di casa.

Le infilo nella serratura fino a sentire lo scatto. Ed entro. Mentre allungo la mano verso l'interruttore del corridoio, la luce delle scale si spegne – sono salito troppo lentamente, ho il tempo di pensare –, però l'interruttore è stranamente visibile e con esso l'intero corridoio. Capisco, in ritardo, che c'è una luce accesa da qualche parte, in fondo, che arriva dalla porta semichiusa della camera da letto. In quel momento, sento un suono strozzato, strano, di voce soffocata; un odore diverso che forse avrei potuto riconoscere ma che non riconosco. Quello che penso, l'unica cosa che penso senza legarla ad altro, è che non è il caso di accendere la luce. Non ho in questo momento nessun segnale negativo, né sospetto, né malumore, né sorpresa. Solo, con un istinto superiore alla mia comprensione, preferisco andare verso la luce lasciando perdere l'interruttore del corridoio. La porta d'ingresso, alle mie spalle, rimane aperta. Mentre avanzo con passi lenti, mi rendo conto di poggiare a terra solo le punte e di avere la testa inclinata dalla parte opposta della camera da letto, come in attesa di avere un'angolazione piú veloce del resto del corpo.

La prima cosa che vedo è il braccio che la tiene aggrappata al letto, come se resistesse a una forza che cerca di trascinarla via, in volo.

La testa si muove lenta nel vuoto, come fanno i ciechi. Teresa ha gli occhi chiusi, infatti. Poi, come era probabile, vedo anche l'altro braccio aggrappato al letto. È nuda, inarca la schiena e continua a muovere la testa. Il rapporto tra l'evidenza di ciò che vedo e la comprensione di ciò che vedo è, in me, in questo momento, confuso. Come se avessi già deciso di doverci pensare dopo. Sporgendo ancora un po' la testa, vedo un uomo, anzi i capelli folti di un uomo – anch'egli nudo, forse – che ha il viso affondato tra le cosce di Teresa. Tiene le mani aggrappate ai ginocchi di lei, in cerca di una posizione salda.

Mi ritraggo, un poco, perché non voglio guardare l'uomo e perché ho paura che guardando l'uomo non controllo lei, se si accorge di me. Lo faccio anche per non sapere chi sia quell'uomo, se lo conosco oppure no: cosí non ha importanza. Adesso vedo Teresa che si volta da questa parte, con gli occhi chiusi e poi semichiusi e poi chiusi in cerca dell'attaccatura del proprio braccio con la spalla, e quando le labbra toccano la pelle si dà un piccolo morso e poi ricomincia a muovere lentamente il capo in un modo in cui sembra che voglia dire basta, ma non lo dice. La bocca si contorce in una smorfia di piacere che non riconosco; mi sembra sgraziata. Poi faccio un altro piccolo passo indietro. E non vedo piú nulla.

Cammino di nuovo sulle punte, nel corridoio. Richiudo la porta d'ingresso con piú delicatezza di quand'ero entrato, meno di un minuto prima. Soltanto due piani piú in giú, esattamente tra il secondo piano e il primo, mentre metto il piede su uno scalino successivo, finalmente mi accorgo che sto scendendo le scale con quella stessa discrezione che ho avuto nel corridoio di casa, e mi sento ridicolo.

Quando sono arrivato in strada e mi sono seduto sul marciapiede, è scomparso tutto. La testa si è completamente svuotata. C'era la strada davanti a me, il motore di una sola auto che è passata, e poi piú niente. Forse non mi era mai accaduto. Non ho memoria precedente di uno stato di vuoto nella mia testa, ma al contrario la ricordo sempre zeppa, rumorosa, ruminosa, una macchina in continuo movimento che fa richieste e che cerca di anticipare i tempi delle cose che accadono. Quella sera, invece, per un attimo, si è svuotata. E dopo, mi sono ostinato a tenerla vuota. Mi sono alzato, ho camminato verso una strada abbastanza lontana dalla nostra strada, abbastanza da ricomporre un senso di normalità, ho preso il telefonino e l'ho chiamata. Era sempre spento. Cosí come era spento dopo che mi aveva detto: stai partendo? – e per incuria avevo detto sí. Solo dopo mi hanno avvertito che era cominciato uno sciopero. Ho aspettato un po' ma il mio treno non compariva nemmeno sul display. Sono uscito e ho preso un taxi. E in taxi l'ho chiamata. Era spento. Ho chiamato sua madre, ho parlato con Beatrice, le ho detto che restavo a casa e quindi sarei andato io a prenderla domani, le ho chiesto se era contenta. Sono arrivato sotto casa, ho pagato il tassista e sono sceso. Ho aperto il portoncino e sono salito, sicuro di non trovarla. Non ricordo nemmeno piú dove aveva detto che andava.

Ho aspettato, ho camminato. Forse ho deciso, senza mai ripensare a quello che avevo visto (credo di non averci mai piú ripensato per davvero, fino a quando Teresa non ha detto: ti ho visto) che tutto era sotto controllo, che ciò che era successo a Teresa assomigliava a ciò che succedeva a me e se assomigliava a ciò che succedeva a me non poteva essere terribile. Teresa mi amava. E scopava con un altro.

Non fa niente.

Ecco cosa ho pensato: non fa niente.

Forse è la prima frase che mi è tornata nella testa quando mi è tornato qualcosa nella testa. Ho richiamato ancora e stavolta il telefonino era acceso. Mi ha risposto. Le ho detto dello sciopero e che stavo tornando a casa. Come se davvero fossi in taxi come prima. Sono tornato verso casa, a piedi. Sono risalito. Teresa aveva un vestito leggero, che mette sempre quando è in casa, e un maglioncino: si era vestita in fretta. Ho guardato in giro per cercare tracce, ma non le vedevo. Era tesa, questo sí. Molto tesa. Ma percepisco che è tesa, pensavo, solo perché so che cosa ha fatto.

«Ho aspettato che me lo dicessi, ho aspettato per venticinque giorni. Ho immaginato cento motivi e mille giustificazioni. Ho passato ogni minuto di quei venticinque giorni a guardarti e a pensare: adesso me lo dice. Poi me ne sono andata. E qualsiasi spiegazione tu possa darmi del perché non me l'hai detto, non la capirò mai».
Avrei voluto dirle un sacco di cose. Avrei voluto dirle in modo caustico: se permetti, il problema non è la mia reazione, ma ciò che ho visto. Avrei voluto dirle che ero io che sarei dovuto andare via, dopo quello che avevo visto; quanto era stato scioccante, cosa si nascondeva dietro il mio silenzio, quante cose avrebbe dovuto apprezzare di quel silenzio. Ero io, avrei dovuto dirle, che seduto su questo divano, dovevo chiedere spiegazioni, mostrare dolore, urlare di rabbia e di disperazione. Ero io a dover urlare che si era portata un uomo a casa nostra, nel nostro letto. Ma era troppo tardi, ormai. Erano tutte reazioni che avrei dovuto avere subito, o dopo poco. Non dopo venticinque giorni.
Eppure, a questo punto, l'ho cercata, la rabbia feroce; perché ero sicuro di averla dentro, da qualche parte, non era possibile che non ci fosse; ma mi rendevo conto che per tirarla fuori avrei dovuto aiutarla con uno sforzo eccessivo. Avrebbe avuto bisogno di una spinta, almeno. È stato mentre decidevo se dargliela o no, questa spinta, che ho sentito la mia voce dire una frase, una sola frase, che è venuta fuori cosí, senza che potessi fare nulla per trattenerla.
«Io non ti ho mai tradita».

Pochi mesi prima di quella proiezione disastrosa alla Mostra di Venezia, Vittorio mi chiese di accompagnarlo al festival di Malmö, dove c'era una retrospettiva dei suoi film. Nel grande albergo dove eravamo, c'era anche Silvia. Silvia è un architetto, ed era lí perché era venuta a studiare il Turning Torso, un grattacielo progettato da Calatrava e commissionato da una specie di istituto delle case popolari, come mi ha spiegato in seguito. Era insieme ad altri due colleghi italiani e ci conoscemmo al lounge bar e finimmo per cenare tutti insieme la prima sera. Era una donna bella, sui quaranta anni, molto scura di carnagione. Parlava con un tono serio, che non mi riusciva simpatico. Ma era intelligente e sembrava potente, a giudicare dal silenzio rispettoso degli altri due colleghi. Vittorio era piú loquace, io meno. Il giorno dopo la vidi in piscina. Si sfilò la maglietta e mi salutò da lontano, poi aprí una specie di pareo e lo lasciò cadere sul lettino, per andare verso la doccia. Aveva un costume blu. Le guardai il culo con un automatismo che è inutile descrivere, e mi alzai a sedere di scatto. Come se fosse accaduto qualcosa. Però non fui il solo, devo dire: aveva un culo cosí evidentemente formidabile che tutti gli uomini della piscina non poterono fare a meno di seguire il suo cammino fino alla doccia. Una donna di piú di quaranta anni con un culo cosí. Da quel momento, il mio atteggiamento cambiò completamente. E mi accorsi che non aspettava altro. Non necessariamente da me, anche da Vittorio o da uno dei suoi colleghi. Aveva voglia di scopare, ma la sua durezza lo nascondeva. Il giorno dopo era l'ultimo, e restammo in piscina fino all'ora di cena. Parlavamo e nuotavamo. Poi ci mettemmo uno accanto all'altra in un angolo della piscina, dove c'era l'idromassaggio. C'erano due bocchettoni e tenevamo le braccia sul bordo, dietro le spalle, la schiena contro il getto. Era bella. Misi il braccio sinistro in acqua, cercai sotto di lei, scostai il costume blu e le infilai le dita dentro la fica. Lei continuò a parlare e la sua voce scompariva e riappariva, i suoi occhi si aprivano e chiudevano. Dopo un po' tolsi la mano, ma non ci avvicinammo – avrebbero potuto vederci. Saltai sul bordo e dissi che ci saremmo visti a cena. Ero eccitato ma tranquillo, e stranamente raggiante per non averle nemmeno sfiorato il culo. Cenammo tutti insieme, andammo a fare una passeggiata, andammo al bar sempre tutti insieme e poi dissi che ero stanco e andavo a dormire.

Dopo meno di dieci minuti, Silvia bussò alla porta della mia camera. Quando si spogliò vidi che aveva un completino intimo verde scuro, molto arrapante. Senza che glielo dicessi, disse che capiva che mi piaceva e mi ringraziò. Poi mi disse di fare piano. Così, cominciai pianissimo e poi scopammo bene, con lei che era sapiente, consapevole, forte e arrendevole. Si muoveva molto bene e provava un piacere continuo, solo che quando alla fine venni, non avevo capito se aveva avuto o no l'orgasmo. Restammo sul letto, sudati, a fumare le sue sigarette. Cominciò a parlare del Turning Torso, dell'arditezza del progetto – il corrispettivo di una torsione di un corpo umano, gli equilibri erano basati proprio sullo studio della colonna vertebrale. Le sembrava un'opera che aveva in sé un elemento che l'aveva sempre affascinata: l'ambizione. Una vicenda strana di amore per l'architettura, ambizione e volontà provinciale di fare una cosa che fosse poi conosciuta in tutto il mondo. La realizzazione del progetto, diceva alzando la voce, ha messo in crisi il rapporto tra istituzioni, costruttori e architetti. Parlava con entusiasmo, continuava a disegnare nell'aria una torsione e a paragonarlo a un corpo umano. La ascoltavo steso su un lato, poggiato su un gomito. Poi, all'improvviso, la smise. Forse toccava a me. Mi venne da dire soltanto:

«Mi sembra strano come grattacielo».

Lei fece un gesto che voleva dire: stai zitto. Infatti, appena dopo il silenzio, disse:
«Adesso devi farmi un piacere».
«Dimmi», dissi abbastanza preoccupato.
«Devi farmi venire».
«Va bene», dissi, mostrando molta calma e come se avessi capito che non era venuta – mentre soltanto in quel momento potevo esserne davvero sicuro.
«Io vengo solo con la mano. Ok?»
«Sí», dissi. E non so se in quel momento capii almeno l'uno per cento di cosa avrebbe significato per me.
Poi continuai:
«E non sei mai venuta in altro modo?»
«No». Mi guardò e mi sorrise: «Ma a me piace tantissimo cosí. Non c'è problema».
Era sincera.
Si aggiustò e allargò un poco le gambe, come se dovessi visitarla. Sempre poggiato sul gomito, le misi la mano tra le gambe e cominciai a muovere il dito, a infilarlo dentro e a farlo salire verso il punto in cui la fica si chiude e ci sono strati sottili di carne e poi una specie di muscolo minuscolo intorno al quale cominciai a lavorare. Quando infilavo il dito dentro la fica le piaceva un poco, quando salivo fino a lí le piaceva tantissimo. Cominciai a muovere il dito con precisione solo lí e lei venne dieci secondi dopo, con un contorcimento furibondo e il cuscino morso con forza per non gridare quanto le veniva da gridare.
Era un po' strano, perché io ero rimasto cosí, di lato poggiato sul gomito, e la guardavo. Avevamo appena scopato, quindi non mi eccitavo nemmeno tanto. Sembrava un'operazione, ma lei non sembrò occuparsi di me, per niente. Rimase un po' di spalle, lontana, e poi disse:
«Lo vedi? È semplice».
Aveva detto bene: era semplice, semplicissimo. Sapevo cosa fare, se ci fossimo incontrati di nuovo.
Ma non ci dicemmo nulla. Si alzò, andò a lavarsi, se-

dette accanto a me sul letto mentre infilava le scarpe. Mi accarezzò e andò via. Quando all'alba io e Vittorio consegnammo le chiavi, il portiere mi diede un bigliettino dove c'era scritto un numero di cellulare. Appena dopo, mi resi conto che una scena come quella col portiere, finora l'avevo vista soltanto nei film. Finalmente.

Teresa se n'è andata perché non le ho detto di averla vista, e le è sembrato mostruoso; ma se n'è andata soprattutto perché c'è un motivo per cui questa cosa le è successa, altrimenti questa cosa non le sarebbe successa. Cosí ha detto.
«È spaventoso. Mi hai visto. Ho visto per un attimo i tuoi occhi che mi guardavano. Se io avessi visto, sarei impazzita. Pensavo facessi un casino. Ero terrorizzata. E invece niente». Per tutto il tempo in cui Teresa parlava, in cui stavamo chiusi qui in questa domenica insensata, mi sono chiesto di continuo se mi credeva, se davvero credeva che non l'avessi mai tradita. Mi chiedevo perché non contrattaccava, perché se sapeva o sospettava qualcosa non me lo diceva, era il momento. Pensavo a me e non a lei. A lei ci avevo già pensato. Anzi, ci avevo già non pensato piú.
Parlava con lucidità, come se non avesse fatto altro in questi giorni che cercare le frasi giuste da utilizzare per spiegarmi tutto. Diceva che non avrei dovuto sopportare una cosa del genere, che piú passavano i giorni e piú era spaventata di quello che sarebbe successo, e poi pian piano ha capito che non sarebbe successo nulla. Non ci poteva credere. Infine ha risposto a una domanda che poteva suonare: perché sei stata con quell'uomo? – solo che quella domanda io non l'avevo pronunciata.
«Se è successo, vuole dire una sola cosa: che non ti amo piú. Se sono tornata, è per prendermi la responsabilità di tutto quello che è successo, ma soprattutto perché voglio che parliamo con coraggio, in modo sincero. Sí, è vero, sei

tu che hai visto me scopare con un altro, questa cosa è terribile e difficile da dimenticare per tutti e due credo, però è meglio se la affrontiamo. Se è il modo che ci era stato riservato per arrivare alla resa dei conti».

«Ma chi ce lo ha riservato? Di quale resa dei conti parli? Non ti capisco».

«Il fatto di averti tradito per me ha un significato. Non mi era mai successo prima, te lo giuro. Non me ne pento affatto: ne avevo voglia. Mi dispiace soltanto per quella sera, è stato terribile per me, deve esserlo stato ancora di piú per te».

«Glielo hai detto?»

«Ma sei stupido? Certo che no. Non se n'è accorto. L'ho mandato via».

Avrei voluto chiederle se lo aveva piú visto, ma non l'ho fatto.

E lei: «Non l'ho piú visto».

Sono stato zitto. Parlava come se mi rispondesse, ma io non le chiedevo nulla.

«Ti sto dicendo la verità. Forse lo rivedrò, quando tutto questo sarà finito, non so. Può darsi. Ma quello che è successo ha pochissima importanza sia rispetto alla mia vita sia rispetto al nostro rapporto, e cioè rispetto ai nostri problemi». Mi ha guardato. «Mi sta succedendo perché stiamo male».

«Non stiamo male. Perché dici che stiamo male?»

Teresa mi ha guardato con piú intenzione, come se volesse capire se facevo sul serio.

Sí, facevo sul serio.

Dopo Malmö, arrivò la Mostra di Venezia e tutti i fatti precipitosi che portarono Vittorio a interrompere la collaborazione con me, e io rimasi senza proposte di lavoro, in quello stato di depressione che Beatrice combatteva con istinto. Ma il culo di Silvia e quella facilità con cui eravamo stati insieme non li dimenticavo. Viveva a Milano e un paio di volte l'avevo chiamata. Voleva rivedermi. Proprio nel periodo in cui ero davvero sconfortato, mi chiamò e disse che aveva una riunione di lavoro a Roma e che aveva già comprato un body bellissimo solo per me. Ci vedemmo in un albergo del centro. Aprí la porta della stanza con addosso solo questo body di pizzo bianco, sia eccitante sia banale, come nelle pubblicità di una rivista patinata. Mi venne in mente di farla arrivare all'orgasmo subito, anche perché volevo davvero capire se era vero che potevo farlo in cosí poco tempo. Misi le dita su quel muscolo e in venti secondi venne con grande soddisfazione e adesso era lí, tutta per il mio piacere.

Questa condizione era eccitante e del tutto sconosciuta, liberatoria e brutale. Era una sorpresa molto piacevole per la parte piú egoista del mio desiderio. Non c'erano rimpianti né controindicazioni: le piaceva davvero cosí. Non esisteva piú la combinazione di due piaceri, ma un piacere alla volta – e il suo era facile e dipendente al minimo. Adesso tutto il resto era per me, toccava a me, non dovevo aspettare niente, al limite anzi dovevo fare il contrario, fare presto, prima facevo e prima mi toglievo di dosso. Sia chiaro anche questo: a Silvia piace scopare, si muove e prova piacere, ma il suo orgasmo è come una dépendance, un isolotto facilmente raggiungibile anche con il mare mosso, è a due passi da qui – ma non è qui. Qui c'è solo quello che voglio io, che piace a me, perché è fatto per me.

Il suo culo, la sua pelle giovane, la sua esperienza e questa combinazione molto strana in lei tra senso di potere e senso di sottomissione – e che in fondo senti in lei anche fuori dal letto, per strada o davanti ai suoi colleghi. È un architetto fragile e forte, come uno la può immaginare. Una donna da commedia sofisticata americana, brillante nel suo lavoro e che scopa quando le pare. Mi fa scopare come voglio, con la sua presenza piena ma senza avere bisogno di nulla, senza volere nulla. Solo, venti secondi prima o dopo – e a volte anche durante: mi fermo, la faccio venire e ricomincio. Se a me piace venire scopandola da dietro, lei a un certo punto si gira e si mette su gomiti e ginocchia. Va tutto bene: le piace ma non la riguarda piú di tanto.

Non ha cambiato nulla del mio pensiero verso il resto della mia vita sessuale, ma è un luogo di libertà assoluta. Se mi spiego, è come quelle stanze fatte apposta per farti rompere tutti i piatti e i bicchieri che ci sono, e non devi pagare i danni.

Quando ho voglia di lei, la chiamo anche il giorno prima e lei prende un aereo. Scopiamo in un albergo dove la aspetto. Dopo che abbiamo scopato, appena dopo, chiama e fa portare da mangiare e poi scappa perché ha da fare. Ha sempre da fare, questo è incredibile; ed è sempre disponibile a qualsiasi ora la chiami. Arriva da Milano, scopiamo e veniamo in due momenti separati, poi se ne va. Come se scopassi con la mia vicina di casa. Non chiede altro. Eppure cosí, pian piano, abbiamo cominciato a volerci bene, io mi sento protetto e lei mi spiega un sacco di cose di architettura. Non ho piú rivisto i suoi due colleghi, non ha piú rivisto Vittorio perché non lavora piú con me. Non ha mai visto Teresa e Beatrice, anche perché io ho fatto come mi ero giurato prima che Beatrice nascesse: non ho mai avuto foto di lei nel portafogli. Ho sempre pensato che non sarei riuscito a resistere e l'avrei tirata fuori davanti a chiunque mi avesse chiesto se avevo una figlia. Ne sono orgoglioso, perché vuol dire che alcune cose che pensavo prima che nascesse Beatrice non si sono affatto squagliate insieme ai «Vedrai che poi cambierai idea» che mi minacciavano.

È stato sorprendente scoprire un'eccitazione immediata in risposta alla biancheria intima di Silvia. Il pizzo, il velato, il ricamo; le giarrettiere, i reggicalze; dei body osceni che mostrano tutto come in un film di Tinto Brass. Roba che si vede nelle vetrine dei negozi di biancheria intima e sulle riviste patinate. Che qualche volta mi è capitato di togliere e di ammirare, ma senza nessuna fissazione. E adesso, Silvia mi mette di fronte a un campionario di prototipi incredibili che posso strappare o sfilare o tenere quanto mi pare. Cosí, posso ammettere in maniera definitiva, grazie all'ultima e piú eclatante – ma non necessaria – prova, che il mio immaginario erotico è elementare, di primo grado – una specie di modello base: l'immaginario erotico del maschio meridionale, il punto piú basso della scala evolutiva della contemporaneità, probabilmente. Una cosa che si è formata con la spinta alla pruriginosità, l'idea di calore pomeridiano e sensi accesi dal sudore; con i film vietati ai minori di quattordici anni con insegnanti, infermiere e zie. Una roba composta da una gamba piegata sul letto e le mani che armeggiano sui reggicalze, desiderio adolescenziale, buchi della serratura. Per essere concreti, Laura Antonelli in *Malizia*; e di piú Stefania Sandrelli de *La chiave*.

La semplificazione del sesso. Anche l'ossessione è riconosciuta e pacificata. Si compie con la vita domestica, cresce con l'intimità. La cameriera, l'insegnante, la zia – ne *La chiave*, la moglie – sono esseri umani concreti e con cui si è instaurato un legame. Il mio approccio sessuale si compie quasi sempre con persone che ho imparato a conoscere prima, oppure con persone che non conosco e che però attraverso la relazione sessuale voglio conoscere – voglio entrare in intimità con loro – e questa intimità voglio conservarla e coltivarla sempre piú in profondità.

Il corpo di Stefania Sandrelli ne *La chiave* è il punto perfetto del mio immaginario erotico. Non ero piú un bambino quando ho visto quel film, ero un giovane. Eppure il corpo maturo e sul punto di decadere della Sandrelli, la pienezza e i segni della cellulite, rimane il corpo perfetto del mio immaginario. Ecco perché intorno ai quaranta anni il desiderio è diventato ossessivo e come compiuto: perché le donne con cui scopo sono tutte – Teresa, Francesca, Valeria, Silvia – poco al di sotto dei quaranta anni, o poco al di sopra, hanno un rapporto con il loro corpo di cura e disperazione, lo sentono ancora potente ma quell'*ancora* si sta insinuando come una condanna, le immalinconisce e a volte le fa disperare, lo curano ma sentono che sta per cominciare – o è appena cominciata – la parabola discendente. E questo rapporto diretto tra malinconia e corpo è di una potenza sublime, diventa una specie di liberazione sessuale. Lo spettro della fine – in questo caso di una fine specifica, la fine della bellezza e della vita sessuale – si intravede all'orizzonte, in modo molto sfocato, forse è un miraggio, ma piú probabilmente è davvero la fine, lontanissima ancora, ma si vede. Gli occhi diventano piú liquidi, il piacere drammatico, il corpo spaventato, il cervello alla ricerca della perdita di memoria. Tutti elementi che la stupida certezza del futuro, di quando si è giovani, non può conoscere e quindi assaporare. È un'ebbrezza potente. Perché l'idea del futuro, l'idea che tutto deve ancora compiersi, è un'idea di potere, e non importa che sia illusoria o no. L'orizzonte vago della decadenza spinge con tutte le forze verso il presente e quindi si compie finalmente la concretezza della vitalità, qui e ora.

Senza che glielo chiedessi, Teresa ha giurato che è successo solo due volte. Me lo aspettavo. Se avesse scoperto me, anche io avrei detto: solo due volte. Una è impossibile e tre sono un rapporto. Due volte è il numero piú credibile e rassicurante al tempo stesso. A me è capitato di dirlo ogni volta che è stato necessario, in tutta la mia vita. È una formula, il numero esatto per dire una verità abbastanza tragica ma non ancora inquietante. Due volte. Quindi ho sperato che non lo dicesse. Ma l'ha detto.

«Non ho mai messo in dubbio di amarti», le ho detto,

come se stessimo parlando di altre cose e non di ciò che avevo visto.

«No, neanch'io credo che tu lo abbia mai messo in dubbio. È proprio questo il problema: tu mi ami a prescindere da come mi comporto, da come ti comporti, da quello che ci accade. Tu mi ami anche se mi vedi scopare con qualcuno, e mi ami allo stesso modo di come mi amavi prima che mi vedessi scopare con qualcuno. E questa è stata la prova definitiva».

L'ho guardata a lungo.

Perché aveva ragione.

Ma io credevo che fosse una cosa bella, questa.

«Non voglio lasciarti», ho detto.

L'unica cosa di cui eravamo consapevoli, visto che era tornata e aveva deciso di parlarmi, era che dovevamo affrontare il problema, non aggirarlo o accantonarlo. Insistevo col dire che doveva aspettare prima di prendere una decisione; adesso era il momento dell'irrazionalità, e invece bisognava considerare i fatti e le conseguenze con calma. Del resto, era sparita per giorni ed era tornata per parlarmi, e ciò che doveva a me e a questo rapporto, a nostra figlia, era considerare fino in fondo i sentimenti e le scelte da fare.

Parlavo in questo modo, rendendomi conto di essere generico e di non sapere cosa dire, sperando soltanto che non finisse tutto qui, in questo momento. Se non abbiamo la forza per superare quello che è successo, dicevo, allora è giusto che ci fermiamo qua, con tutte le sofferenze e le difficoltà che questa decisione comporterà – perché anche di questo bisogna essere consapevoli, ed è per questo che ti chiedo di giungere a una decisione in un momento di lucidità e non in un momento di rabbia: perché dopo sarà difficilissimo e tristissimo per tutti e due, con una enorme quantità di pentimenti che arriveranno troppo tardi, di vita meno solida, meno allegra, meno viva – almeno per un po', poi chissà, non voglio escludere che soprattutto per te la vita possa essere migliore di quella che vivi ora.

Parlavo come se l'avessi tradita io, non lei. Ma avevo ragione: era lei che voleva andare via.

Con molta riluttanza, si è lasciata convincere. Ne parliamo ancora, ha detto. Si è alzata dal divano, per decretare la fine della seduta. A questo punto, non avevamo piú ragione di stare noi due soli; e nemmeno voglia. Ha chiamato Alessandra e le ha detto di riportare Beatrice, anche dopo la pizza.

Quando Beatrice è arrivata, abbiamo fatto di tutto per far finta che ogni cosa fosse come sempre. Che Teresa era stata fuori per un viaggio, che avevamo parlato di cose che ci riguardavano ma ora era tutto a posto. Prima che andasse a letto, Teresa l'ha aiutata a controllare lo zaino per la scuola. Beatrice ha cominciato ad agitarsi, a rovistare sulla scrivania, a terra, sotto il letto: si è accorta di non avere il quaderno di matematica. Ha chiesto a me, e non ne avevo idea. Le ho chiesto se era sicura di non averlo lasciato da Alessandra, e lei diceva che non aveva nemmeno aperto lo zaino, da Alessandra; se era sicura di non averlo dimenticato a scuola, ma lei quasi urlando rispondeva: non lo so, come faccio a ricordarlo? Abbiamo cominciato a cercare tutti e tre, ma inutilmente. Sia io sia Teresa le dicevamo di non preoccuparsi, che era molto probabile che l'avesse lasciato a scuola. Lei si è messa almeno tre volte le mani nei capelli scuotendo la testa, e poi ricominciava a girare per casa disperata, senza nemmeno piú cercare per davvero, solo alimentando un'energia nevrotica che la spingeva a non smettere.

Alla fine si è dovuta rassegnare. L'abbiamo tranquillizzata in tutti i modi, poi siamo andati di là. Beatrice continuava a girarsi da un lato e dall'altro, e senza piangere mormorava. Teresa cercava di non accorgersene. Mi sono avvicinato alla porta, per ascoltarla. Diceva a se stessa: Beatrice, smettila di pensarci, ti prego smettila, smettila, adesso devi dormire, smettila.

In coincidenza con i giorni successivi, in cui io e Teresa discutevamo in un modo in cui non avevamo mai discusso, aspettando quasi sempre che Beatrice si fosse addormentata ma qualche volta anche no, e mentre ci dicevamo finiamola c'è Beatrice, ognuno di noi aveva una voglia incontrollabile di aggiungere una sola frase sgradevole, violenta, perfida, vendicativa. Nessuna di queste definizioni coincideva con l'esplicito della frase, ma con i significati secondari che la frase nascondeva. Quindi l'altro non riusciva a trattenersi e replicava. Finiva in uno stato di violenza repressa in cui l'unico desiderio che avevamo era portare a letto Beatrice, aspettare che si addormentasse e partire con rabbia per un chiarimento che fosse definitivo. E che non era mai definitivo.

Eravamo entrati dentro un vicolo cieco, forse soltanto perché dopo tanti anni è impossibile risolvere i problemi o separarsi con semplicità. Si vuole andare fino in fondo. E andando fino in fondo si finisce in un vicolo cieco tappezzato di rancori che erano stati messi da parte, di episodi mai risolti, di cose che era stato meglio non dirsi in passato. La sostanza di una convivenza lunga si basa sul talento di risolvere in tempi brevi ogni litigio, ogni problema. Con la capacità di riuscire a mettere da parte tutto, scavalcando la soluzione. È una necessità della vita quotidiana, altrimenti le diversità sarebbero insanabili. La soluzione in tempi brevi comporta la capacità di aprire un baule e ficcarci dentro i conti che un giorno ti sembrerà di dover fare, e che confidi di non fare mai.

E poi, in situazioni come questa, in cui domina la frustrazione di non avere la forza di decidere qual è la cosa migliore, si comincia a tirare fuori tutto, di nuovo, da capo, come se mettendo in fila tutti i rancori si potesse dipanare il filo della storia. Nella speranza che uno solo di quei rancori porti la soluzione o porti la distruzione. E non ha nessuna importanza che non succeda. Perché non succede. Aumenta la voglia di essere combattivi, violenti; ma non è la soluzione.

L'assunto da cui eravamo partiti, quando eravamo andati a vivere insieme, era il seguente: Teresa aveva una propensione per la vita coniugale; io no. La conseguenza logica di tutto ciò avrebbe dovuto essere una maggiore insofferenza da parte mia rispetto alle ripetitività della vita familiare. In verità, se si conteggia l'intero percorso che abbiamo fatto da quando siamo andati a vivere insieme fino al pomeriggio in cui se n'è andata, chi è stato meglio dentro la vita coniugale sono stato io; chi ha mostrato piú pazienza, comprensione e anche amore quotidiano, sono stato io; c'erano periodi, lunghi periodi nella nostra vita coniugale, in cui ero migliore di lei. Piú allegro, paziente, sereno. Meno insofferente. Posso affermare di aver sopportato meglio le cose che mi innervosivano di lei di quanto lei abbia sopportato le cose che la innervosivano di me. Almeno, per la maggior parte del tempo.

La maggior parte del tempo di Teresa, invece, era occupato da smania, nervosismo e insofferenza. Di voglia di fare qualcos'altro. Di weekend fuori perché non facciamo mai niente. Di eccessiva attenzione al minimo sintomo di ripetitività.

L'insofferenza è un elemento molto importante nella vita coniugale. Ti fa guardare e ascoltare e odorare con i sensi piú accesi e piú nevrotici. Ti fa anticipare una risposta o un gesto nella tua mente, e quando arriva quella risposta esatta che avevi immaginato, o quel gesto, quelle parole e quell'azione ti rimbombano nella testa come una musica dal ritmo incalzante quando stai impazzendo per il mal di testa. La vita coniugale, spesso, si riduce alla capacità di sopportare il tappo del dentifricio lasciato sul lavabo (appena dopo aver pensato: avrà lasciato il tappo del dentifricio sul lavabo), le scarpe che puzzano, il modo di parlare al telefono camminando per tutta la casa, un po' di olio che cola dalla bocca mentre mangi l'insalata, adesso berrà dalla bottiglia perché dirà che tanto sta finendo e non ci berrà piú nessuno e vedi lui (me) che beve dalla bottiglia e poi sentendosi guardato dice «Stava finendo, non deve berci piú nessuno...»; il modo di piegare i vestiti, il tempo che ci mette a uscire dal bagno, il modo di soffiare sulla tazza quando il latte è troppo caldo, l'alito cattivo.

Tutto questo non riguarda la fine di un rapporto, se si ha una pietà umana per il mondo, se si riesce a conservare un amore profondo, se si riescono a tenere a mente i motivi per cui si ama l'altra persona – non solo se si riesce a ricordare che la si ama, ma i motivi. È come quando capitava – come sempre capita – che la prima persona che si divertiva per una mia frase divertente era Teresa, quando ci siamo conosciuti. La prima – e alle volte in modo imbarazzante per l'adesione e la complicità che altri non comprendevano fino in fondo. Poi la stessa scena si trasforma nel suo contrario: l'unica persona che non si diverte per una mia frase divertente, una sera a cena, è Teresa, e non si diverte con tale ostinazione che mette in imbarazzo, lo notano tutti. Ecco, il percorso tra la prima scena e l'ultima è il modo in cui si trasforma un rapporto, senza che vada necessariamente in crisi. Perché Teresa non fa sempre cosí, non è che non si diverte mai piú, ma ci sono questi lunghi segmenti della nostra vita insieme in cui all'insofferenza palese si aggiungono una serie di segnali molto tristi, e uno di questi è l'ostinazione a pensare che una frase divertente non possa essere divertente perché è stata pronunciata da me.

Questi sono i segnali della crisi di un rapporto, dicono tutti. E forse hanno ragione. Ma c'è di piú: questi non sono segnali, sono motivi. Un tappo lasciato sul lavabo ogni giorno può minare l'amore di una persona quanto sesso, comunicazione, emozione, complicità. O almeno, c'entra. C'entra piú di quanto si possa credere.

Se poi devo ammettere che le cose miglioravano ogni volta che mi innamoravo di qualcuno, lo ammetto. Casomai non nei primi tempi, perché ero distratto e intontito, ma poi le ore con Valeria a cui si sono aggiunte le ore con Francesca e poi con Silvia – cioè quei rapporti che hanno accompagnato lungo tempo della mia vita coniugale – quelle ore hanno lavorato in me e si sono trasformate in buonumore, capacità di stare dentro la ripetitività quotidiana. Questa capacità è cresciuta man mano che i miei rapporti sentimentali si sono allargati e man mano che sono diventati piú stabili. Una buona scopata mi rendeva molto tollerante. Una buona scopata accendeva la sensualità, non la spegneva. I periodi in cui ho scopato di piú con Teresa – o almeno quelli in cui avevo piú desiderio di lei – erano i periodi in cui scopavo di piú. Oppure potrebbe essere addirittura il contrario: i periodi in cui scopavo di piú, erano i periodi in cui scopavo di piú con Teresa. Perché la persona con cui mi piaceva scopare di piú, era Teresa; il corpo che mi piaceva di piú, era quello di Teresa.

Ognuno di noi ha una percentuale di vita sconosciuta al proprio compagno di vita. Ed è uno spicchio di varia grandezza, ma vitale. Un punto in cui non si è quello che ormai si crede di essere, se si guarda a se stessi soltanto con l'occhio di chi ti guarda sempre, cioè la persona con cui vivi.

È in questo periodo che è cominciato il tic di Beatrice. In realtà, non era proprio un tic, ma qualcosa di quasi impercettibile. C'era qualcosa che non quadrava, nel suo modo di fare, questo lo capivamo, ma ci abbiamo messo tempo a decifrarlo. E solo dopo averlo decifrato abbiamo indagato e spiato, e infine, con molto tatto, chiesto conferma a lei. Beatrice era sollevata di poterlo finalmente spiegare e sembrava naturale nel dare conto della ricerca di una perfezione. Ci ha presi uno per volta e ha cominciato a fare una dimostrazione della sua mania con meticolosità. Prima a Teresa, poi a me.

In pratica, le sue mani, le sue dita, guidate dal suo cervello, si sono messe alla ricerca di un equilibrio ossessivo tra loro; quello che toccava una mano doveva toccare anche l'altra, quante volte toccava una doveva toccare anche l'altra, la quantità di pressione che faceva una, doveva essere pareggiata dalla identica quantità di pressione dell'altra. Cosí per le singole dita di una mano e dell'altra. In pratica, spiegava con totale naturalezza, sentiva che quando la sua mano destra toccava la mia gamba, era necessario lo facesse anche la sinistra, con la stessa forza e lo stesso tempo. E lo mostrava, sia per farmelo capire sia perché non poteva farne a meno. Altrimenti, spiegava, sentiva uno squilibrio, le sembrava che una mano fosse piena e una mano fosse vuota; con quella sensazione non poteva andare avanti; credo che sentisse addirittura, se non faceva un gesto che pareggiasse gli equilibri, il corpo pendere verso il lato della mano piena. Questa spiegazione è desunta dalla sua difficoltà di precisare le sensazioni, dai frammenti di esempi che faceva, dall'aver cominciato a osservarla con attenzione – non può essere direttamente la sua, non cosí precisa. Ma è come se lo fosse. Perché passava gran parte del suo tempo a fare questo.

Quando cercava l'equilibrio, a volte lo trovava e a volte no: a volte, la sinistra, nel fare altrettanta pressione, superava la pressione fatta dalla destra e quindi aveva l'esigenza di ribilanciare con un'altra piccola pressione della destra. Tutto questo, fino a quando succedeva con oggetti, piatti, penne; fino a quando succedeva con i suoi genitori che comprendevano e soffrivano in silenzio ma aspettavano la fine delle operazioni di equilibrio – andava bene. Ma con altri, con le compagne di scuola, la maestra, le amiche, i parenti, la babysitter, era strano, furtivo, imbarazzante; e se non era imbarazzante per lei, era imbarazzante e incomprensibile per chi si sentiva toccare piú volte o accarezzare da un lato e dall'altro, o battere con una mano e con l'altra.

Quindi, doveva farlo furtivamente. E facendolo furtivamente, appariva ancora piú incomprensibile, forse ambigua. Oltretutto la furtività non era d'aiuto alla precisione, e quindi mancava piú volte il pareggio e doveva continuare.

Cosa senti quando sei soddisfatta?, le chiedevo.
Che le mani pesano uguale, rispondeva.

Sia io sia Beatrice abbiamo bisogno delle nostre certezze quotidiane, abbiamo bisogno di tenere un tessuto di abitudini e normalità che renda le eccezioni, delle eccezioni palpabili. Perché la mia propensione piú pura è per la quotidianità, non per l'eccezionalità. È una propensione che riconosco anche in Beatrice, in modo inequivocabile.

In realtà, a me piace scopare con le donne con cui mi piace scopare. Cioè, voglio dire, non sono cosí curioso di un desiderio nuovo, di una persona nuova; se lo sono, è perché percepisco in me un invaghimento, cioè qualcosa che è già abbastanza serio. Tradotto in termini sessuali, spero che mi piaccia cosí possiamo scopare tante volte, per tanto tempo. Anche perché la novità è senz'altro faticosa, ma soprattutto è il punto piú lontano dalla sincerità. Essere una persona che l'altro non conosce significa fare fatica per farsi conoscere nel modo piú preciso (nel modo migliore, anche), quindi fare teatro di sé, mettersi in mostra, essere frettolosi riguardo a preferenze (io sono fatto cosí, a me piacciono queste cose) – insieme a quella tendenza imbecille alla condivisione che viene spontanea (succede anche a me, io sono uguale a te) per cui tendi a conteggiare la quantità di somiglianze, a dare importanza a ogni coincidenza buona; cosí smorzi l'importanza delle differenze. Un modo contrario di procedere rispetto alla convivenza (o alle lunghe relazioni), dove le differenze vengono sottolineate per non vederle soccombere: in una conoscenza in atto, la propria personalità fa finta di venir fuori tutta il piú presto possibile, ma invece, mentre sembra spontanea, è controllata, guidata, smorzata, instradata nel binario piú conveniente. Un amore lungo ti rilassa, fa in modo che ti abbandoni a essere come sei; questa è l'intimità; la verità.

Non solo. Ma una relazione, una relazione segreta soprattutto, viene percepita spesso come un elemento di eccezionalità. È la parte piú faticosa. Chiunque voglia cedere a una scopata casuale o a una relazione clandestina, se la concede solo in nome di una regressione. È come quando ci ubriachiamo per baciare qualcuno: raggiungiamo un livello di perdita di controllo tale per cui possiamo fare quello che non saremmo riusciti a fare – ma nella sostanza è una finzione che nella parte piú onesta è stata pilotata verso la perdita di controllo e che spesso, nella parte piú disonesta quindi, ha un controllo piú grande di quello che si mostra, un controllo sottile e segreto per cui tutti i movimenti irrazionali sono guidati da una razionalità di fondo. È un modo, appunto, per scavalcare il senso di colpa. Un modo falso quasi sempre, ma soprattutto stupido, perché allora il senso di colpa se ne va a casa e ti aspetta tranquillo la mattina quando ti svegli. A quel punto la disperazione porta ad allungare la messa in scena teatrale, a dire non mi ricordo niente di ieri sera, perché cosa ho fatto?

Davvero? Che vergogna, non ci credo che mi sono comportato cosí...

Allo stesso modo, c'è una regressione romantica: se devo venire a letto con te, se addirittura dobbiamo cominciare una relazione, allora deve esserci qualcosa di emozionante che sia molto diverso dalla vita quotidiana. Improvvisamente ci si ritrova in un mondo in cui ti si chiede di mostrarti folle, irrazionale, generoso, misterioso; di diventare un personaggio da commedia sentimentale che si presenta alle due di notte in camera entrando dalla finestra con una bottiglia di champagne e due bicchieri. La regressione richiede stranezze, fughe, avventure, pazzie, sprezzo del pericolo; chiede di fuggire via per qualche giorno senza meta, per dimostrare chissà cosa; chiede di passare piú tempo insieme, piú tempo a prescindere da quanto tempo si è passato insieme. Mi dispiace dirlo, ma ho incontrato troppe donne che hanno detto come una cantilena: mi sarebbe piaciuto avere piú tempo. E questo è noioso. Soprattutto, è faticoso.

Interpretare un uomo avventuroso è faticoso e mi sembra dia risultati scarsi o stereotipati – se uno non è qualcosa, può interpretare solo lo stereotipo di qualcosa. C'è sempre il terrore del troppo poco, dello squallido, di ciò che assomiglia alla vita quotidiana.

Mia figlia, invece, almeno fino a quando avrà un'età che la cambierà, da quando è nata cerca solo la scansione della vita quotidiana. La sua giornata è fatta di segmenti di tempo da passare tra una cosa che fa sempre e un'altra cosa che fa sempre. Ha l'ora della colazione con il latte riscaldato sempre alla stessa temperatura, i giorni del nuoto, quelli del pianoforte, la telefonata con i nonni due volte a settimana, la pizza almeno una volta, il pomeriggio al cinema con popcorn e coca cola; vuole che conserviamo gli stessi posti a tavola, che cuciniamo le stesse cose, che guardiamo la tivú tutti e tre sul divano, con me a destra e Teresa a sinistra. Vuole venire nel letto ogni mattina, fare la stessa strada quando andiamo a scuola, mangiare lo stesso gelato. Piú ci sono cose che conosce, piú si sente serena. È un modo per sentire che la vita la controlla anche da cosí piccola, è vero, ma è anche un ragionamento piú semplice: voglio continuare a fare tutto quello che mi piace. Allo stesso modo di come vuole continuare ad amare tutte le persone che ama. Ogni tanto lei conosce una nuova amica, la accoglie, la studia, se le piace se la prende e non vuole perderla piú. Ma non le piace perché fa salti mortali o cammina sui muri; le piace per come è. Anche io sono cosí: voglio continuare ad amare tutte le persone che amo, nessuno deve fare niente per me, nessuno deve *dimostrarmi* niente. Deve amarmi, tutto qui.

La maggior parte del tempo degli amanti, dell'attenzione delle persone, è occupato dalla preoccupazione che la persona amata non ami qualcun altro. Non che ami me, ma che non ami altri. Questo a me è sempre sembrato sia impreciso, sia troppo poco. Se Teresa, quando si sveglia la mattina, ha negli occhi il suo amore per me, non voglio dire che non ha importanza se ama anche qualcun altro, non voglio arrivare a sostenere questo, se altri lo sentono forzato, ma voglio almeno dire che mi basta. E vorrei che bastasse anche a lei il mio amore, ho sempre voluto questo. So che è difficile avere questo pensiero in una coppia, ma la verità è che è l'unico pensiero sensato. E semplice.

È questo che, se me ne fossi andato da questa casa, non avrei piú potuto dare a Beatrice: la sua vita quotidiana. Ne avremmo costruita un'altra, con scansioni il piú possibile razionali e civili, e lei avrebbe finito per abituarsi, per amare anche la vita che le spettava da ora in poi. Ma non sarebbe stata questa vita che ha vissuto da quando è nata fino a quando non abbiamo piú trovato Teresa a casa. Tutto quello che è stata la sua vita quotidiana, compresa la colazione, il divano, la pizzeria e forse perfino la strada per andare a scuola, non ci sarebbe stato piú. Assomiglierà a quella di ora, perché noi faremo in modo che assomigli a quella di ora, ma non sarà la stessa – e il fatto che le assomigli, in fondo, renderà ancora piú visibile il confronto con la vita di prima. Quella di noi tre.

Una mattina, alle cinque, io e Teresa eravamo svegli, pieni d'angoscia e di pensieri. Abbiamo cominciato a parlare di cosa fare, abbiamo cominciato di nuovo a discutere, sussurrando. Ma quasi subito è arrivata Beatrice che si è infilata nel lettone perché anche nel sonno capisce che stiamo discutendo e non lo sopporta. Ha detto: «Basta a papà parlare con mamma», l'ha detto con sintassi affaticata perché voleva dire molto di piú. Cosí, abbiamo smesso.

Ma nel silenzio ha aggiunto: «Tanto lo so che non vi volete bene».

A prescindere da ciò che stava succedendo, è una conclusione a cui sapevo con certezza che sarebbe giunta, prima o poi. Perché sapevo che una frase assurda di Teresa di qualche anno fa un giorno ci si sarebbe ritorta contro. E finalmente stava succedendo.

Una volta che Beatrice ha chiesto perché non aveva un fratellino o una sorellina, Teresa ha detto che forse sarebbe successo. Beatrice ha chiesto: e come succede? E Teresa, per imbarazzo e impreparazione, ma anche per cominciare a dire una cosa che avesse un minimo di verità, ha detto che i figli nascono quando mamma e papà si vogliono molto bene. In seguito ha tentato piú volte di modificare quella frase, di precisarla, ma non è riuscita a tornare piú indietro. Da allora, nello sguardo di Beatrice, ogni anno che passa, c'è una tristezza nel constatare che per forza di cose, poiché fratellini o sorelline non sono venute, io e la madre non ci amiamo abbastanza. Stavolta sappiamo tutti e due, anzi tutti e tre, che per Beatrice ciò che sta succedendo è dimostrato da quella frase.

Quindi, la vedo che va in camera e prende una bambola con la destra e poi la passa alla sinistra, la pettina con la destra e poi dà la stessa quantità di colpi con la sinistra.

La psicologa ha detto che siamo tutti e tre coscienti di ciò che sta succedendo, e che alla fine le passerà. Ci ha liquidati come per dire che non toccava a lei, ma a me e Teresa risolvere la situazione.

Il fatto è che non solo sono io a non cambiare, sono i miei sentimenti a non cambiare. È la verità. Se amo Teresa, se amo Valeria e poi ancora le altre, le amo e basta. Per questo nella mia vita la poligamia è diventata una condizione necessaria. Perché accumulo e non elimino. Se provo dei sentimenti, li provo sempre. Se mi piace scopare con qualcuno, mi piace sempre. Se mi piace un culo, mi piace sempre. Ogni relazione della mia vita, dalla famiglia, agli amici, alle amanti, al lavoro, ricomincia da dove l'avevo lasciata.

Me ne sono reso conto all'improvviso, ragionando su tutto questo, senza averlo mai sospettato prima: *io non ho mai lasciato nessuno*. Mai. Tutte le storie che sono finite, sono finite per volontà della persona con cui avevo una relazione, a prescindere dalle motivazioni. Voglio dire: è successo che qualcuna sia stata costretta a lasciarmi, era inevitabile, eppure per me c'era ancora una possibilità. È successo anche che, dopo che la storia è finita, ho provato un senso di sollievo, ma sempre insospettato: ero sicuro, ogni volta, che potessimo provarci ancora – e poi, quando è finita, ho capito non solo che era la cosa giusta, ma che ne ero sorprendentemente felice. Ma non l'avevo fatto io. Continuo a ripensare a tutta la mia vita, a elencarmi le persone con cui sono stato e scopro che non ho mai lasciato nessuno. Se qualcuno ha avuto dei buoni motivi per smettere di avere una relazione con me, la relazione è finita. Altrimenti, è continuata. Non ho mai avuto nessuna intenzione di lasciare Francesca, Valeria, Silvia. Anche quando decidevamo che bisognava smettere, che avevamo rischiato troppo, che non era giusto o che facevamo del male a qualcuno; che avremmo potuto mettere in pericolo le rispettive relazioni, o che si soffriva troppo – insomma, per qualsiasi altro motivo, io capivo, comprendevo, addirittura mi dichiaravo d'accordo. Ero consenziente e complice, e lo dimostravo col fatto di accettare quella scelta e di riuscire, dopo, a non essere molesto. Però non lo decidevo, ero solo consenziente e complice. E non lo decidevo per un motivo molto semplice: non lo condividevo. Sarei andato avanti sempre. Rischiando, soffrendo; ritenevo giusto che non facessimo del male agli altri, ma non condividevo quella scelta – non provando nessun senso di colpa, non potevo condividerla. Tutto ciò che facevo, era accodarmi. Ma segretamente, dentro di me, non ero d'accordo.

Quello che poteva succedere, a volte, era che scopassi per non scopare piú. Succedeva, cioè, che il lavoro o la famiglia o meglio tutta la vita che conducevo in quel momento mi trascinava in un vortice in cui perdevo il conto delle settimane e dei mesi. Quindi Silvia, o Valeria – Francesca mai, perché era lí con me, vedeva, partecipava – o un'altra facevano rimostranze prima scherzose, poi piú serie. La questione era il tempo. Da quanto non ci vediamo. Lo sai quanto tempo è passato. Quando ascoltavo la risposta alla domanda retorica – che giudicavo retorica anche per il fatto che non avrei saputo rispondere – mi sorprendevo davvero. Era passato un sacco di tempo e non me ne ero accorto. Non avevo percezione esatta del tempo. Sentivo Silvia e le rispondevo come se ci fossimo sentiti tre giorni prima e invece magari non ci sentivamo da un mese e mezzo e lei era molto incazzata e diceva che forse non avevo piú voglia. Cercavo di spiegarle la mia percezione del tempo, ma mi rendevo conto che sembrava una cazzata. Quello era l'unico momento in cui sospettavo in me un atteggiamento di confusione: ero pronto a rimproverarmi di aver potuto considerare una sequenza sessuale generica – quel generico da cui ero sicuro di essere immune – che si sarebbe potuta esprimere cosí: ho scopato due giorni fa, tre giorni fa, dieci giorni fa due volte, eccetera; a prescindere da: con chi ho scopato. E quindi se Silvia non rientrava nella sequenza, ne avevo perso la percezione.

Ma per fortuna l'esame dava risultato negativo: non era cosí. La mia percezione era piú limpida e si coniugava anche con il fatto, paradossale ma vero, che pure se scopavamo ogni tre mesi a me andava bene lo stesso. Era cosí. Ero fissato con il sesso ma anche non ero fissato. Mi perdevo nel tempo; mi perdevo nei giorni in cui scappavo da una casa all'altra e mi perdevo anche nei giorni in cui non accadeva nulla e tornavo a casa con un'espressione di serenità – o quasi, perché la scoperta di Teresa poteva avvenire anche in un giorno in cui non avevo destato sospetti: poteva avvenire in quel giorno da innocente che lei scoprisse tutti gli altri giorni da colpevole.

In ogni caso, in quelle circostanze in cui sentivo di essere distratto, scattava in me lo spirito di conservazione e quindi quella che ho imparato a riconoscere come «la scopata dilazionatoria».

Mi concentravo, lottavo per farmi perdonare, appena ottenevo il perdono prendevo un appuntamento al piú presto e ci andavo con l'atteggiamento nevrotico di chi, stavolta, ha sí l'intento di godere e di amare, ma soprattutto di guadagnare tempo, di eliminare la questione «bisogna che veda Silvia» con il vederla, scoparla, dire che è un periodo incasinato e avere eliminato per un po', per qualche settimana forse, la questione.

La scopata dilazionatoria, in periodi particolarmente

faticosi, diventava in pratica l'unico impegno sessuale che avevo: con tutte, scopavo per non scopare piú per un periodo. La cosa diventava alquanto ossessiva, perché c'erano momenti in cui arrivavo all'ultima scopata dilazionatoria ed ero pronto a sentirmi libero da preoccupazioni per un po', quando una telefonata mi riportava alla realtà: la prima scopata dilazionatoria aveva ormai consumato il suo tempo – lo sai quanto tempo è passato? Mi meravigliavo: non credevo cosí tanto. Mi ritrovavo allora di fronte a un'altra scopata dilazionatoria. E il giro ricominciava.

Quello era il momento in cui pensavo che avevo troppe relazioni. Era il momento in cui pensavo che bisognasse chiudere con qualcuna. Che fosse giusto cosí. Ma dovevo avere il tempo di pensarci, di capire, di approfondire la questione. Intanto, quindi, se pensavo di dover chiudere la relazione con Silvia (rinunciare all'albergo? Rinunciare a quel modo di fare sesso? Ai suoi completini intimi sempre piú sorprendenti? Al suo culo? – ecco che avevo un'erezione), mi dicevo: intanto faccio una scopata dilazionatoria, cosí ho piú tempo per pensarci.

Forse è per questo che me ne rendo conto solo ora, perché ci ho pensato un sacco di volte nella mia vita che volevo chiudere, smettere, lasciare, e questo mi ha dato l'impressione di averlo fatto. Ma non l'ho mai fatto.

Le uniche volte che è successo, è successa un'altra cosa: non ho cominciato. Quasi sempre me ne accorgo prima che succeda qualsiasi cosa, al massimo sfiorando un'intimità mi è subito sembrato di intuire un'inutilità, un vicolo cieco – un sentimento o anche un desiderio troppo leggeri, inconsistenti; qualche volta che sono piú lento a capire, finisco a letto una o al massimo due volte; qualche volta mi capita di sentire subito diffondersi quel maleodore da cui cerco di tenermi lontano; cosí mi trovo di fronte a una scelta che di solito è difficile, ma mai dubbiosa:

sono sicuro che non può esserci piú nulla – quindi lo dico, lo faccio capire, sparisco, non rispondo ai messaggi, faccio in modo di scoraggiare oppure cerco pian piano di stabilire un rapporto che sia diverso, o di ristabilire il rapporto che c'era prima, se c'era; altrimenti continuo, e se continuo per me è praticamente – ora lo so, anche se può apparire assurdo, ma sta nei fatti, nella storia della mia vita – *per sempre*.

Sono come il voltaren, il super santos, il topexan, insomma; non come le pasticche bicolori. Sono su per giú come sono sempre stato, e tra dieci anni, probabilmente, se ci saranno delle persone che vivono con me, sapranno come funziono, che non cambio. Questo forse è poco appassionante, ma nonostante le contraddizioni, piuttosto affidabile.

Adesso, però, in questi giorni, tutto è diventato dilazionatorio: i messaggi, le telefonate, alcuni incontri fuggevoli, e infine le scopate. La mia concentrazione e lo stato d'animo sono turbati e sfilacciati, posso tenere tutto insieme solo in modo nevrotico, per tenere in piedi la mia vita, tenerla in attesa, piú precisamente. Continuo a dire alle donne che non sono Teresa: adesso aggiusto tutto e torniamo come prima. Ricevo in cambio solo forza, pazienza e complicità. Poi, in un giorno di litigi violenti e in cui davvero ho pensato che questa vita stava per andare in pezzi, ho composto un sms con scritto «Ti penso spesso, solo questo» e senza nemmeno rifletterci troppo, ho fatto una cosa che non avevo mai fatto in vita mia: l'ho mandato a Francesca, l'ho mandato a Valeria, l'ho mandato a Silvia. E visto che c'ero, anche a Roberta e a Gabriella, che stavo vedendo in quel periodo e che mi piacevano, ma che ormai non sentivo piú da qualche settimana. Ho capito che ero messo davvero male, e che la mia capacità dilazionatoria si stava complicando. Come se stessi perdendo il rapporto con la realtà, sia quella di prima sia quella di ora. Come se fossi in bilico tra realtà e invenzione.

Adesso, tranne quel tempo della mattina in cui accompagno Beatrice a scuola, tutto il resto della giornata è pieno di tensione, di litigi, di discussioni, di rimostranze e vendette, di tentativi di controllarsi davanti a nostra figlia che sfociano in discussioni ancora piú violente; ci sono i pianti di Teresa e la mia rabbia che mi fa sbattere pugni sul tavolo e dare calci a sedie. Adesso, finalmente, sono arrivati in modo netto i giorni brutti, insopportabili, dolorosi. In cui non ci sarebbe altra soluzione che lasciarsi, andare ognuno a vivere un'altra vita. E invece, stiamo riuscendo a dare il peggio di noi, a minacciarci l'un l'altra di non farci piú vedere Beatrice (senza che nessuno dei due creda minimamente a una minaccia del genere), a mangiare in silenzio, a farci piccoli ma metaforici dispetti. Stiamo riuscendo a passare ore in silenzio, tutti e tre, con Beatrice che ci guarda incredula, mentre cerca il peso uguale tra le sue mani in modo millimetrico. E nonostante questa tensione, tutte le difficoltà, il dolore e la bruttezza di questi giorni, io voglio restare qui dentro, con ostinazione. *Non voglio che ci lasciamo*. E il fatto che Teresa stia dando strattoni a questo rapporto mi fa rabbia. Non mi importa cosa le è successo, cosa ho visto. Non mi importa cosa le succederà ancora. Voglio solo che torni ad amarmi.

E in qualche modo mostruoso, per ricostruire il mondo prima che Teresa se ne andasse quel pomeriggio – ma adesso dovrei forse dire: prima di tornare a casa a causa dello sciopero, quella sera – ho ricominciato a pensare, sentire, scrivere, vedere, prendere appuntamenti con Francesca, con Valeria, con Silvia. Perché voglio ricostituire il mondo prima di tutto questo.

Sono riuscito a trovare il tempo soltanto per scopare con Valeria, in modo rapido e nevrotico. Questo mi ha permesso di stare dentro la tensione casalinga con un umore non del tutto negativo, per qualche giorno. Se poi Valeria, come è accaduto, mentre fuma stesa nuda sul letto mi dice: Elena è pronta – la mia testa può avere un peso dall'altra parte della bilancia addirittura eccitante.

Elena è la ragazza con cui Valeria ha scopato qualche volta, e che mi piace da impazzire. Solo che di uomini non vuole sentirne parlare. Ma Valeria si è stancata di lei e adesso Elena è completamente fuori di sé per il desiderio. È quasi un mese e mezzo che Valeria non la bacia neppure. Appena sono sole, Elena le mette le mani addosso con ogni scusa, la supplica, ma Valeria è diabolica e dice: no.

Mi guarda e dice che Elena è davvero fuori di testa, è davvero nel punto giusto per dirle quello che le ha detto ieri: se vuoi scopare di nuovo con me dobbiamo scopare in tre, Elena ha capito subito che parlavo di nuovo di te; ha riso, ha detto sei una stronza e ha detto sí. È pronta.

Mentre andiamo a scuola, mentre cerco di godermi l'unica aria respirabile di queste giornate opprimenti, sento che Beatrice mi stringe la mano piú forte (tra poco mi girerà intorno, passando dalla parte opposta, e farà la stessa pressione con l'altra mano). Quando succede, so che sta prendendo una specie di rincorsa per raccontarmi qualcosa. Infatti non mi dà il tempo di girarmi a guardarla, che già sento una frase sconnessa il cui senso è che non è contenta quando c'è la ricreazione.

Mi sembra una frase incomprensibile, ma la chiarisce poco dopo: era solo un modo per cominciare. Ieri, durante la ricreazione è stata prima tormentata e poi addirittura picchiata da tre compagne di classe. Come, picchiata?

Sí, picchiata. Le davano calci e schiaffi sulle braccia, mentre lei si riparava il corpo. Non riesce a spiegarmi il motivo, e capisco che non riesce a spiegarselo neanche lei. Cerco di restare tranquillo, ma intanto mi chiedo se è giusto mostrarmi tranquillo di fronte a un racconto del genere – se non lo rendo in qualche modo normale. So però che il mio compito è di comunicarle che nulla è cosí mostruoso come appare. Non so se è merito mio, ma anche se le trema la voce, è lucida, mentre camminiamo piú lentamente ragiona su quanto è ingiusto quello che è successo; confessa che ha resistito perché non voleva dirlo alla maestra e glielo ha detto solo quando non ne poteva piú. Dice che non riesce piú ad avere amici. È evidente che è in un momento di fragilità, di impopolarità; e so che non le era mai accaduto prima.

È un periodo, le ho detto – come se potessi risolvere tutto. Le ho anche detto: papà ti aiuta; lei ha detto: sí tu mi dai i consigli – ed è stato molto bello, però mi rendo conto che di consigli poi non gliene ho dati per davvero, se non generici e stupidi, perché non so cosa fare. È un periodo, ecco cosa le ho detto.

Quando siamo arrivati davanti alla scuola le ho accarezzato il viso e l'ho rassicurata: non ti preoccupare, oggi non succederà. Lei mi ha sorriso, come se davvero potesse non succedere perché gliel'ho detto io.

Poi sono tornato, piano; mi sono infilato in un portone e ho pianto. In modo forte e breve, perché lo so cosa è successo, ha a che fare di sicuro con il fatto che tocca le sue amiche il doppio di quanto sia necessario, fa pressione con le mani, non si allontana nel momento in cui dovrebbe, tutta concentrata sul pareggio di peso tra la mano destra e la mano sinistra. In un modo che le avrà rese inquiete o nervose. So molto bene che anche lei lo sa, ma non vuole che glielo dica e per questo mi dice che non capisce; soffre, ci rimane male, vorrebbe stare dentro ai gruppi con armonia. Vorrebbe poter usare il corpo delle compagne come uno spazio libero per trovare l'equilibrio tra le sue mani. Ho pianto per tutto questo, ma mi sono raccomandato di smetterla e di combattere contro il dolore che provavo, perché se lo combattevo poi trasmettevo forza a Beatrice.

Teresa è andata subito a parlare con le maestre, e le maestre hanno accennato anche loro a questa fissazione di pareggiare i tocchi della mano destra con quelli della sinistra. Cercheremo di farle frequentare qualche compagna in piú, ma sappiamo che dentro la scuola non possiamo fare nulla e dobbiamo solo aiutarla a uscire da questo momento difficile.

C'è la scena di un film che è una delle mie scene preferite, perché mi sembra che sia un esempio di perfezione del mio lavoro; e credo che mi riguardi in questo momento. È la scena che precede il finale di *Rosemary's Baby*, quando Mia Farrow si sveglia e va a vedere la mostruosità di ciò che la aspetta. Non si capisce se è paranoica o se c'è un complotto diabolico contro di lei; non si capisce se il bambino che ha appena partorito è davvero morto o se non vogliono farglielo vedere, se il pianto di neonato che sente è frutto della sua pazzia o è la prova che la stanno facendo volontariamente impazzire. Infatti, decide di far soltanto finta di prendere le pillole che continuano a darle. Le nasconde nell'incavo del mobile accanto al letto.

È a quel punto lo stacco. Quando Rosemary ha capito, la macchina da presa punta verso il mobile accanto al letto e mostra l'incavo con tutte le pillole che non ha preso. L'inquadratura successiva è direttamente durante la notte: le pantofole ai piedi del letto, i piedi di Rosemary che scendono dal letto e le infilano, Rosemary che infila la vestaglia. Da lí in poi, si vedrà ciò che scopre – oppure ciò che si è formato nella sua testa. Perché la questione delle pillole non risolve, anzi aggrava il dubbio: è piú lucida perché non le ha prese, o è andata fuori di testa perché non le ha prese?

Il momento in cui il montaggio stacca dalle pillole alle pantofole è in un punto cosí perfetto che il dubbio tra realtà e finzione è nel centro assoluto del bilico. Quando Rosemary-Mia Farrow appare nella scena successiva, il film è in bilico esatto tra l'idea che tutto ciò sia reale e che tutto ciò sia frutto dei suoi incubi. Ognuno può fare la sua ipotesi, e due persone che guardano insieme il film possono avere due tesi opposte. A me sembra che questo equilibrio impossibile venga raggiunto dalla precisione con cui Polanski e il suo montatore staccano dal risveglio. È un punto perfetto. Come se un fotogramma in piú o in meno avesse potuto rompere l'equilibrio e quindi annullare il senso del film.

Nei giorni successivi a quella mattina del pianto, ho passato tutto il tempo che potevo con Beatrice, per insegnarle ad andare in bicicletta senza rotelle. Avevamo rimandato sempre il momento, perché trovava delle scuse e sapevo che sarebbe stato difficile, impegnativo. D'altra parte, mi confortava il solito pensiero: tutti i figli del mondo hanno imparato, tutti i padri del mondo sono riusciti a insegnarlo. È un pensiero che conforta sempre, che dà coraggio – ma allo stesso tempo non porta nulla in termini pratici. Ci siamo ritrovati sul grande marciapiede che gira intorno alla piazza io, lei e la bicicletta senza rotelle. E nessuno dei tre sapeva bene come saremmo mai potuti arrivare alla mia assenza e a Beatrice che pedalava da sola. Eravamo lí, in orari in cui c'era poca gente: la domenica o la sera prima di cena, quando tutti i negozi avevano chiuso. Lei mi guardava speranzosa, si capiva che era pronta. Ma aveva paura. Le davo un sacco di consigli, un sacco di fiducia, ma non ottenevo praticamente nulla. Avevamo tanta buona volontà, ma non riuscivamo a capire come sarebbe mai potuta accadere una cosa che sapevamo dovesse accadere perché accade a tutti – solo che non sapevamo come. Quando avevo chiesto consiglio a qualche amico, le risposte erano state elusive, nebulose e tutte diverse; le regole fondamentali si contraddicevano. Allora provavo a dire cose di buon senso, la tenevo da dietro e le dicevo come doveva pedalare, come doveva tenere il manubrio, quali sensazioni di equilibrio doveva provare. Ma la sua concentrazione era tutta rivolta al fatto che io non lasciassi la presa, non la abbandonassi. Non volevo tradire la sua fiducia e quindi non la lasciavo. In questo modo non arrivavamo da nessuna parte. In piú, litigavamo, perché la sua paura mi innervosiva e lei si innervosiva perché io mi innervosivo. Però non mollava. Era l'unica cosa che le chiedevo: anche se perdi fiducia, anche se ti sembra che non ce la faremo mai, non devi mollare, perché se non molli e se hai fiducia in me, pian piano ce la faremo.

L'errore che facevo, era pensare che questa cosa che il mondo dimostrava palesemente che dovesse accadere, potesse accadere pian piano. E invece all'improvviso è successo che abbiamo sentito un salto, impreciso e inevitabile, e io ho lasciato la presa e lei ha continuato a pedalare con me accanto che urlavo pedala! pedala! – che voleva dire: non smettere! – e intanto le stavo accanto e poi nel momento in cui stava per accorgersi che l'avevo lasciata, l'ho ripresa e gliel'ho detto. Beatrice continuava a dire: davvero? Davvero ho pedalato da sola, papà? E poi con me accanto che le tenevo il sellino ripartiva e dopo tre o quattro volte che la lasciavo e continuavo a correrle accanto mi sono fermato, sia perché aveva pedalato abbastanza da togliermi il fiato sia perché sapevo che dovevo farlo, e mentre lei urlava a se stessa «Pedala, pedala, pedala, pedala» come le avevo suggerito per non farla deconcentrare, ho visto che per un attimo ha girato di lato la testa e gli occhi, ha visto che mi stavo fermando, ma non si è fermata e ha alzato il tono della voce e ha urlato di piú «Pedala, pedala, pedala, pedala» e si è fermata molto piú avanti, senza frenare ma strusciando i piedi. Quando si è accorta che era ferma, che non era caduta, e che ero cosí lontano, ha tenuto sul viso un'espressione di euforica incredulità cosí a lungo che mi ha dato il tempo di correrle incontro e abbracciarla.

Quando poi qualcuno mi ha chiesto un consiglio su come ho fatto, ho dato anch'io risposte elusive e imprecise e regole insensate, per il semplice motivo che come ho fatto, non lo so. So soltanto – e la cosa mi rende orgoglioso ogni volta che ci penso – che Beatrice non ha mai avuto dubbi sulla fiducia che doveva avere in me che le dicevo che ce l'avremmo fatta. È stata ostinata, anche perché non potevamo in alcun modo uscirne sconfitti. Ma come è successo, e perché, questo davvero non lo so.

Abbiamo telefonato a Teresa, per farla venire a vedere. Beatrice pedalava poi si fermava o strusciando i piedi o puntando il muro e la guardava per dire: hai visto? Abbiamo convenuto tutti e tre che il passo successivo sarebbe stato smettere di urlare: pedala, pedala, pedala! E quello dopo ancora, l'uso dei freni. Ma ce l'avevamo fatta. Io e Teresa ci siamo guardati con complicità, per un solo attimo, una cosa che non accadeva da molto tempo – adesso me ne rendevo conto: da molti giorni prima che se ne andasse.

Anche il mio lavoro, in fondo, è stato una sorta di allenamento alla vita coniugale. Ecco perché sono diventato una persona che sa stare dentro la quotidianità, o almeno ha imparato a provarci con costanza. Stare ogni giorno, per mesi, ore e ore seduto accanto al regista del film che sto montando, in una sala buia e confrontandosi fotogramma dopo fotogramma, è l'esasperazione della vita quotidiana. Mia nei confronti del regista, e viceversa. Il mio lavoro è fatto di matrimoni intensi e sfiancanti, che non durano a lungo, ma durano abbastanza da fondare un rapporto, un linguaggio esasperato, che è a metà tra colleghi del ministero che dividono la stanza da decenni e, appunto, i meccanismi di una convivenza d'amore. A chiunque assista al nostro lavoro, risulta chiaro che ci detestiamo profondamente, che l'ultima persona che vorremmo avere accanto è la persona che abbiamo accanto; e che da un momento all'altro uno dei due scatterà per avventarsi sull'altro.

Tutto ciò è allo stesso tempo assolutamente vero, e assolutamente necessario. La pazienza e la quantità di ore che ci vogliono per riuscire a montare un buon film, sono abbastanza da arrivare a questa forma ossessiva di rapporto; eppure non ho dubbi sul fatto che è a questo punto, quando siamo giunti a questa insofferenza profonda, che riusciamo a fare i miglioramenti piú importanti. Non a causa dell'insofferenza, ma perché l'insofferenza è il segnale che siamo stanchi del film e di noi stessi, ed è dentro questa stanchezza che farebbe venire voglia di finirla qui, di chiudere il film cosí com'è, di accontentarsi – è dentro questa stanchezza del film e di noi due che si riescono a trovare gli ultimi passaggi, tagli, miglioramenti. È nella pazienza che ci vuole a questo punto che il film migliora nella sua parte decisiva.

È il momento in cui bisogna ritrovare ciò che nel lavoro di mesi si è andato pian piano perdendo: la logica narrativa. Durante le lunghe settimane insieme, il rapporto tra il montatore e il regista da una parte, e il film dall'altra, arriva a un grado di conoscenza che supera il limite ed eccede, tanto che abbandona la logica narrativa primaria e comincia a concentrarsi su ogni singolo particolare. Io e il regista senza poterci fare nulla ci dimentichiamo pian piano del primo strato del film, quello narrativo, perché rivedendolo mille volte ne siamo stanchi, lo diamo ormai per scontato, per acquisito; siamo alla ricerca di dettagli e perfezioni. Ed è un grande errore dare il senso per acquisito; è in questa nevrosi macroscopica che la convivenza si complica e cominciamo a detestarci.

Eppure, quando siamo arrivati al punto dell'esasperazione, quello è il momento in cui, se abbiamo pazienza, se resistiamo (e resistere è il nostro compito), se superiamo l'odio che ormai proviamo per quelle immagini, se anzi lavoriamo in compagnia di quell'odio e quella esasperazione, ci torna davanti agli occhi la visione generale della storia e la sua linea piú semplice, quella da cui siamo partiti. I particolari tornano a comporsi dentro un disegno generale. Tutte le volte che sono riuscito ad arrivare con il regista a sfondare quella barriera di stanchezza, siamo riusciti a ottenere il film migliore che potevamo ottenere.

Molte persone sfogliano i supplementi sulla salute, leggendo con molto interesse ogni singola notizia, ogni settimana. Le notizie, anno dopo anno, ruotano sempre intorno agli stessi argomenti, qualche volta si contraddicono, ma succede a distanza di molti mesi o anni e quindi nessuno le ricorda. La maggior parte delle volte sono fondate e semplificatorie. Dicono, per esempio: il cavolfiore combatte i radicali liberi. Alcune delle persone – forse poche, ma non pochissime – che sfogliando il supplemento leggono questa notizia, richiudono il giornale, scendono in strada, vanno a comprare i cavolfiori e da quel giorno cominciano a mangiarli ininterrottamente; e non solo; godono; non perché trovino buoni i cavolfiori, ma perché mentre masticano e ingoiano, pensano: sto combattendo i radicali liberi. Stanno facendo la cosa giusta e si sentono felici. Quasi quasi sentono dentro di loro, a ogni boccone che ingoiano, il cavolfiore che fiondandosi giú combatte e trafigge e devasta interi villaggi di radicali liberi.

Ci sono altre persone – forse ancora la maggioranza – che quando scendono in strada comprano i ferrero rocher o i baci perugina, le fragole con la panna o le brioches piene di crema; oppure le patatine fritte o altre cose del genere, le piú unte possibili. E godono quando le mangiano. Godono perché sono buone, perché sono dolci, perché sanno di fritto, di grasso, di cioccolata. Ci sono persone che bevono un bicchiere di vino rosso e schioccano la lingua per sentire il sapore, e non gliene frega niente se poi nei supplementi sulla salute un giorno viene fuori che il vino fa bene al colesterolo. Altri invece ne bevono un bicchiere al giorno perché è la quantità giusta per combattere il colesterolo; e mentre bevono sentono il colesterolo che perde.

Dico sempre a Beatrice che gli spinaci sono buoni e fanno bene. Lei dice che non sono buoni e quindi non fanno bene. Io uso il solito trucco che si usa da cinquant'anni: hai visto Braccio di Ferro com'è forte dopo che li ha mangiati? Una volta mi ha risposto, come se ci avesse pensato e avesse detto a se stessa: la prossima volta che me lo dice gli rispondo cosí – ha risposto subito: ma Braccio di Ferro li ingoia. Il che, a pensarci bene, è vero: non li mastica affatto. Quindi lei vuole dire che non sono buoni, però che fanno bene questo è incontestabile. Cosí ho risposto: e ingoiali anche tu.

Ogni genitore, quando i figli sono grandi, racconta che una volta ha salvato la vita a ognuno di loro, e quasi sempre riguarda il momento in cui il figlio si stava strozzando e il genitore ha dato un colpo sul diaframma, o lo ha messo a testa in giú, oppure ha infilato il dito in gola e ha tirato fuori il malloppo. Il mio racconto futuro riguarderà quella volta che Beatrice ha ingoiato gli spinaci, e spero soltanto che lei da grande avrà dimenticato la dinamica, e non dica: guarda che mi avevi detto tu di ingoiarli. Perché davvero stava per morire. Ne ha preso un mucchio e li ha infilati giú per la gola e dopo due secondi era verde come gli spinaci e le ho infilato un dito in gola e li ho tirati fuori.

Per qualche giorno ho pensato di fare causa a Braccio di Ferro, di quelle che poi sul giornale viene pubblicata la mia foto e la scritta: quest'uomo ha vinto la causa contro i creatori di Braccio di Ferro per cinquanta milioni di dollari; ora migliaia di genitori sono pronti a imitarlo. Willie Coyote (per le bombe), Superpippo (per il volo) comincino a tremare. Poi penso che se Braccio di Ferro ha resistito tutto questo tempo, forse gli avvocati avranno una linea di difesa imbattibile – oppure la gente non è cosí stronza da crescere i propri figli accompagnata dall'esempio di Braccio di Ferro e poi gli fa cause milionarie.

Io e Beatrice abbiamo quindi deciso che, quando lei diventerà grande, ci metteremo a studiare una nuova filosofia alimentare in cui le cose buone e le cose che fanno bene coincideranno. I cibi che inventeremo saranno per esempio dei cioccolatini buonissimi che una volta giunti nello stomaco libereranno una sostanza di cavolfiore che combatterà i radicali liberi. E uno nemmeno se ne accorgerà, penserà solo a godersi un bel pezzo di cioccolato con le nocciole. Il resto accadrà da sé. Cosí succederà con le patatine fritte, con le torte alla crema, con i cheeseburger, la coca cola. Le cotolette alla milanese distruggeranno il colesterolo e una cura quotidiana di cornetti alla crema sarà la migliore prevenzione contro le malattie gravi.

Cosí, abbiamo fondato la nostra futura linea di prodotti alimentari.

A guardarla settimana dopo settimana, sembra di avere una percezione piú chiara della sua crescita. Appena le maestre l'hanno aiutata ad avere rapporti piú sereni in classe, Beatrice ha assunto un'espressione adulta. Mi racconta che nel cortile alcuni bambini che non sono in classe sua le hanno chiesto di vedere la passerotta. Me lo dice cosí, all'improvviso. La guardo stupito, anche se cerco di far finta di non esserlo. La parola «passerotta» non gliel'avevo mai sentita dire, e mi sembra orribile. Per certi versi Beatrice è già andata in un mondo suo, già valgono di piú le parole che si procura da sola.

Le dico con la voce piú normale che mi viene: e tu che hai fatto?

E lei molto convinta del suo ragionamento ha risposto

che ha detto di no perché non sono della sua classe e dice di sí solo a quelli della sua classe.

Ho cercato di suggerirle, con tutta la cautela e il distacco possibili, che forse è meglio se non la fa vedere proprio. Le ho detto forse, perché so che non posso fare molto e che non debbo fare niente.

Con alcune compagne di scuola, ha deciso di fondare un club di ragazze, come quello che ha visto in un telefilm. Le compagne di scuola sono entusiaste. Ieri è venuta a casa sventolando un quaderno segreto che Teresa le ha comprato per scrivere le regole del club. Ha detto che non può leggerlo nessuno, ma a me può farlo leggere tanto io non lo dico – e non ho capito se era un attestato di complicità o un attestato di esclusione dal suo mondo, se cioè me lo ha fatto leggere come si raccontano le cose piú intime a un essere umano sconosciuto durante un viaggio dall'altra parte del mondo.

C'erano varie regole di segretezza e patti di reciproco aiuto. Poi: non si sputa, non ci si lagna, non si può uscire dal gioco e non si può uscire dal club. Infine, c'era una regola cancellata e corretta, che mi ha colpito. Le ho chiesto come mai l'avessero corretta. Mi ha detto che all'inizio lei aveva proposto la regola: non si può avere a che fare con nessun maschio. E l'avevano scritta (è quella cancellata); da lí è partita una discussione molto seria che ha messo a repentaglio la compattezza del club, ma alla fine c'è stata una soluzione compromissoria e adesso la regola recita:

«Una si può fidanzare solo se un maschio è meraviglioso».

Che mi sembra una frase condivisibile – non soltanto per delle bambine.

Per ora, però, dobbiamo accontentarci degli spinaci e dei cavolfiori. Per ora, non riusciamo nemmeno a fare in modo che l'involucro della nostra esistenza familiare, che all'inizio produceva roba buona da spargere per il mondo, riesca a combattere la tensione, la tristezza e quella sotterranea violenza che sento in me e Teresa ogni volta che ci scontriamo. Per ora, soprattutto, non siamo riusciti ancora a fare in modo che un dolce molto dolce, ma nemmeno gli spinaci o i cavolfiori, impedissero alla nonna, la madre di Teresa, di uscire fuori sul balcone e dire alla vicina di casa delle frasi sconnesse, mentre gesticolava innervosita dal fatto che la vicina non la capisse alimentando la sconnessione improvvisa tra il linguaggio e la realtà: una donna ormai anziana, forse ancora piacente o con il viso e il corpo segnati da una bellezza passata, che mostrava nervosismo e che invece stava subendo un'aggressione al cervello di sostanziale gravità.

La telefonata che è arrivata a Teresa, era come se la stessimo aspettando. Era come se ci fosse stato bisogno di qualcosa di piú grande, che arrivasse dall'esterno, per colpire come una boccia il pallino che era a una distanza equa tra noi due.

Per questo ho letto negli occhi di Teresa, oltre allo sgomento, una specie di liberazione quando ha detto:

«Mamma sta molto male, devo partire».

E sia perché sapeva che mi avrebbe messo in difficoltà mentre chiudevo un film, sia perché non aveva intenzione di separarsi di nuovo all'improvviso da Beatrice, ha detto che sarebbe andata a prenderla a scuola e l'avrebbe portata con sé. Poi vi raggiungo, le ho detto. Ha risposto con un sí che non era elusivo, ma quasi speranzoso. Almeno cosí mi sembrava.

Eravamo in un punto in cui non sapevamo piú cosa fare, non riuscivamo piú a costruire e nemmeno piú a distruggere. Noi tre non eravamo piú noi tre, anche se eravamo ancora lí, in quella casa, come in una trincea che non volevamo abbandonare in nessun modo. Ma la vita che avrebbe dovuto esserci, non c'era piú. La mattina mi svegliavo molto presto, restavo a letto, guardando Teresa che dormiva. Pensavo che stavamo perdendo tempo prezioso sia per la nostra vita di sempre sia per la vita nuova che ci avrebbe aspettato dalla nostra decisione in poi. Pensavo che stavo perdendo troppe ore preziose nella vita di Beatrice, e come se mi ascoltasse alle volte sentivo la sua voce gridare papà!; le rispondevo subito: vieni qui. Saltava sul letto e mi abbracciava e poi mi teneva la mano, stringendola forte come fa lei. Poi la abbandonava per schiacciarsi contro Teresa.

Le guardavo e pensavo che se Beatrice ha un contatto con il corpo di Teresa, si sente invulnerabile. So che Teresa la proteggerà e la amerà in un modo tale che non le potrà mancare niente. Verso di me Beatrice non sembra provare alcun rancore, mi vuole bene come sempre ed è disponibile al mio amore come sempre, ma non crede piú in me fino in fondo; da qualche tempo ha capito una cosa dalla quale non può tornare piú indietro: mi ritiene autonomo, e questa autonomia mi rende distante. Sarà stato un dolore quando l'ha capito, forse è stato uno dei momenti in cui ha sentito di diventare piú grande, ma sembra abbia superato con brillantezza un dolore eventuale. Però il fatto di pensare che io sono in fondo solo, le dà uno sguardo che è molto difficile da sopportare, quasi di compatimento, quasi materno.

Una sera ho visto un film, *The Weather Man*, il protagonista è Nicolas Cage. Il suo personaggio ha una rubrica di meteorologia in televisione; è separato e ha due figli. Una volta porta sua figlia, un'adolescente, al parco, in mezzo alla neve, perché vuole insegnarle a tirare con l'arco. È una cosa che era partita proprio da lei, mesi prima, ma poi si era sentita subito incapace e disinteressata, anche grazie a un istruttore poco simpatico. Allora Nicolas Cage era andato lui a imparare a tirare con l'arco, si era impegnato fino a diventare piuttosto bravo, e una mattina decide che è arrivato il momento di insegnare alla figlia come si fa. Le spiega il tipo di frecce che è meglio usare, le parla di movimenti e concentrazione. Poi dice: «Tiriamone qualcuna», e dopo un'esitazione imbarazzata riesce a dire pure: «Facciamogli vedere chi siamo». Comincia a dare indicazioni precise («Mira quindici centimetri piú su, aspetta di essere ferma») con voce calda e piena di fiducia; e la figlia esegue.

«Sei allineata?»
«Sí».
«Bene, lasciala andare!»

La ragazzina lo fa. La freccia cade floscia qualche metro piú avanti – nello stesso modo in cui era successo con l'istruttore.

A questo punto c'è un montaggio sorprendente, perché quello che ti aspetti di vedere è un processo di avvicinamento, un primo piano del padre o della figlia, insomma il risultato emotivo del fallimento. Invece c'è esattamente il contrario, uno stacco su campo larghissimo, come se un uomo sconosciuto guardasse la scena da lontano. Cioè, nel momento in cui c'è la delusione e chissà quale altra reazione emotiva, che è quella che vorremmo vedere sul viso di Nicolas Cage o della figlia – l'inquadratura è quella di due figurine piccole piccole dentro un grande parco innevato. Si vede una delle due figurine che con passo malinconico e testa bassa comincia a camminare, mentre l'altra è ferma in attesa. La figurina della figlia fa qualche passo nella neve, poi si abbassa qualche metro dopo, raccoglie qualcosa (la freccia) e fa per tornare indietro. Una scena straziante, e dal punto di vista emotivo la piú straziante possibile tra tutte quelle che si potevano mostrare. Eppure è l'inquadratura piú lontana che si poteva concepire.

Se il desiderio si insinua nell'animo umano, non c'è soluzione. Il problema non è se le persone guardano il culo, perché il culo lo guardano tutti, anche quelli che dicono che non lo guardano. Il problema è farlo con onestà, cioè cedendo alla propria debolezza senza pudore. Non c'è niente di peggio che incontrare una donna che ti piace, salutarla con rispetto e distacco e poi girarti a guardarle il culo appena è passata e non ti può vedere. Ne ho visti di grandi moralizzatori e di uomini sobri ed esempi dell'umanità che si torcevano in modo innaturale o inventavano scuse strane, oppure avevano imparato a girare gli occhi senza muovere la testa, solo per guardare per un secondo un perizoma sotto un pantalone bianco, in estate, o una canottiera aperta mentre una ragazza è piegata. Forse, se c'è una verità, è tenere negli occhi il desiderio di guardarle il culo, tenerlo nello sguardo che hai quando incontri i suoi occhi, uno sguardo che deve significare rispetto e allo stesso tempo desiderio di guardarle il culo. Le due cose possono stare insieme. Anzi, devono. Perché è la cosa piú meschina che può fare un uomo quella di separare rispetto e culo. È sia moralistico sia razzista.

Ma comprendo che la mancanza di senso di colpa è forse anche il risultato della mancanza di ossessione per l'ostentazione della rettitudine e dell'innocenza. Non ho mai perseguito questi ideali, e nella sostanza non sono questi gli ideali e gli insegnamenti che sto cercando di trasmettere a Beatrice – del resto, come si potrebbero trasmettere degli insegnamenti su qualcosa in cui non si crede e che per questo motivo, nella sostanza, non si conosce. Da un certo punto in poi, ho abbandonato il senso del giusto in favore della verità: ho passato lunghi periodi della mia vita condizionato, per esempio, dalla mancanza di passione per gli animali; mi vergognavo di me stesso ogni volta che una mia amica mi rimproverava, citando Milan Kundera, che nessun uomo può dirsi sensibile se non ama gli animali – o una cosa del genere – e quindi avevo fatto di tutto perché mi piacessero o almeno per nascondere che non mi piacevano. Fino a quando ho capito che non c'era altra strada se non dichiarare che non amo gli animali, essere per davvero quello che sono e accettare infine anche di non essere sensibile.

Anche quando sto con Beatrice dopo aver scopato con qualcuno da qualche altra parte della città, o nella camera da letto mezz'ora prima, continuo a chiedermi se mi sento sporco davanti a lei e cerco nel suo sguardo un senso di fastidio, una distanza che non c'è mai. Allora mi sembra un disagio mio personale di natura superficiale, che riguarda gli altri piuttosto che me. È come quando ti sei lavato con cura ma hai dimenticato di spruzzare il deodorante sotto le ascelle. Poiché è l'odore di deodorante che sancisce la pulizia, esci per strada e ti tieni a distanza dagli altri perché sai che gli altri non penserebbero che non hai messo il deodorante, ma che sei sporco. Invece tu sei pulito, solo che non hai il deodorante. Le due cose ormai si confondono, ma nella realtà sono ben distinte.

E comunque non l'ho chiamata io, Valeria. Mi ha chiamato lei. Non che non ci avessi pensato per niente, ma ero ancora nella fase in cui rimandavo questo pensiero perché sapevo che le circostanze ci avevano favorito in eccesso. Sapevo, cioè, che Massimo era al seguito del presidente del consiglio, in Francia. Lo sapevo perché Valeria mi aveva già chiesto di inventarmi qualcosa, almeno per la fine del pomeriggio. Era per questo motivo che mi stava chiamando. Le ho detto che ero solo, che Teresa e Beatrice erano andate dalla madre di Teresa che non stava bene; ma mentendo un poco le avevo detto che probabilmente non era niente di grave – e invece era grave, ce l'avevano detto subito che era un ictus.

Valeria ha detto: aspetta, ti richiamo. Poi mi ha richiamato: vieni a cena, viene anche Elena. Ero preparato, e ho detto che era meglio se venivano loro da me, cosí se Teresa avesse chiamato, anche tardi, mi avrebbe trovato.

Quando mi ha chiamato Teresa, finalmente, erano le nove di sera, ma Valeria ed Elena non erano ancora arrivate. Ho chiuso la porta dell'ingresso e quella della cucina, perché temevo che il citofono suonasse mentre parlavamo. Ero teso. Teresa aveva la voce turbata, ma rassicurata – era evidente che durante il viaggio aveva immaginato scenari piú mostruosi di quelli che aveva trovato. Beatrice era a casa con la cuginetta. Teresa sarebbe rimasta in ospedale, la notte. Ma tutti le dicevano che la madre stava meglio.

«Tu come la vedi?»

«Non lo so. Mi parla un po', sembra lucida, ma adesso è anche piena di farmaci che la tengono su».

Abbiamo cenato in modo rapido e distratto. Chiacchierando molto, ma senza mai un accenno alla situazione di noi tre, come se fosse calato un pudore nella mia cucina dovuto all'esplicito dell'incontro: sapevamo tutti perché eravamo lí e quindi tendevamo a non pensarci. L'unico segno della sensualità che c'era nell'aria stava nel vino che bevevamo: abbondante, a turno ne versavamo nei bicchieri non ancora vuoti. Forse qualche altra scoria stava in alcuni sguardi fiammeggianti che Elena indirizzava a Valeria, nient'altro. Quello che c'era di buono è che eravamo calmi, poiché avevamo davanti tutto il tempo che volevamo. Teresa mi ha chiamato una sola volta, sono andato sul balcone, la situazione era stazionaria, mi ha detto che se non c'erano novità avrebbe richiamato domattina.

Siamo andati a sederci di là. Elena sprofondata in una poltrona, io e Valeria sul divano e Valeria, mentre ridevamo, mi ha abbracciato e dato un rapido bacio sulle labbra, poi si è stesa poggiando la testa sulle mie gambe. Ha detto che era ubriaca, Elena ha riso con intenzione. Abbiamo continuato a parlare ancora un po'. Poi Valeria ha detto: devo fare pipí.

Quando ha sentito la porta del bagno che si chiudeva, Elena si è alzata di scatto e si è inginocchiata davanti a me, guardandomi fisso. Mi sono abbassato e ho avvicinato le labbra alle sue e mi ha baciato con una voracità sorprendente, quasi ansiosa. Era rapida, ansimante. Mi ha infilato subito una mano sotto la camicia e un'altra sui jeans, cercando il cazzo. Poi ha detto: il letto dov'è?

Mi sono alzato e l'ho presa per mano, l'ha stretta forte. Ho acceso la luce del corridoio e non quella della camera da letto, cosí era illuminata a sufficienza ma allo stesso tempo era da considerarsi buia. Elena si è fermata davanti al letto e con due gesti frettolosi si è sfilata la maglia e i pantaloni, non aveva né reggiseno né mutande. In un attimo era nuda. Era bella, era magra – forse un po' troppo magra. Mi sono steso sul letto e lei era su di me, ho cominciato ad accarezzarla e palparla, mi baciava e allo stesso tempo mi sbottonava la camicia e allo stesso tempo con i piedi nudi cercava i miei talloni e con gesti sapienti spingeva giú le scarpe per toglierle. Era frenetica, e avevo capito perché faceva in fretta.

Abbiamo sentito la porta del bagno che si apriva di nuovo. Ci siamo guardati e abbiamo sorriso, fermandoci un attimo. Da quel momento, tutto è diventato piú lento, quasi dolce, perché un po' ci baciavamo, toccavamo e spogliavamo; un po' avevamo l'orecchio teso ad ascoltare il percorso di Valeria.

Mentre premeva la fica contro i jeans, Elena allentava la cintura. Quando ha cominciato ad aprire i bottoni, è scivolata indietro per farsi spazio. Valeria intanto è arrivata in salotto e si è fermata presumibilmente sulla soglia, abbiamo sentito soltanto «Oh?» per dire dove siete finiti, ma l'ha strozzato, come se si fosse pentita.

Quando è apparsa sulla porta della camera da letto, ha visto Elena completamente nuda seduta sulle mie gambe, i miei jeans e i boxer tirati giú, il mio cazzo durissimo tra le sue mani. Elena l'ha guardata e poi si è abbassata e lo ha preso in bocca, roteando gli occhi verso Valeria che sorrideva e cominciava a spogliarsi. In quel momento si è verificato un passaggio decisivo: Elena ha reso subito evidente che faceva tutto questo per Valeria; e io, quando Valeria ha cominciato a spogliarsi, ho capito che anche io facevo tutto questo per lei, per vedere lei con un'altra donna, per vedere lei e me che scopavamo davanti a un'altra, per vedere lei che guardava me scopare con un'altra. Quindi quando Valeria è entrata e ha cominciato a spogliarsi, tutto l'equilibrio di questa scopata imminente si è spostato su di lei, sul suo corpo che adesso veniva fuori lucente, sul suo sguardo che mi lanciava segnali di complicità eccitata, e su Elena che ha alzato la testa dal mio cazzo e sempre guardando fisso Valeria ha avvicinato il bacino e con un gesto rude se lo è infilato dentro, di colpo, senza preservativo e senza passaggi intermedi, ed era bagnata e stretta, molto eccitante per il fatto che ho immediatamente percepito che era bagnata da pochissimo e solo perché adesso Valeria era nuda e aveva messo il ginocchio sul letto e la guardava con aria di sfida e con un sorriso le si è avvicinata un po' e poi ha virato verso di me, mi ha morso un capezzolo e poi mi ha baciato, mostrando la sua schiena e il suo culo a Elena che senza sfilarsi dal mio cazzo si è avventata sul corpo di Valeria con un'avidità che mi ha impressionato ed eccitato tantissimo; come se la placcasse, l'ha avvinghiata e tirata davanti a sé, allontanandola da me, e ora erano tutt'e due inginocchiate con me sotto di loro, come se il mio cazzo stesse in una delle due fiche, senza sapere quale. Elena palpava con violenza, quasi con rabbia le tette di Valeria, le infilava le mani dappertutto, un dito nella fica, Valeria mi guardava e godeva, Elena le torceva il busto per riuscire a leccarle i capezzoli induriti e poi si è sfilata da me e ha spinto Valeria sul mio cazzo, e quando lo ha sentito dentro, Valeria ha cambiato espressione, e anche io, riconoscendo le pareti della sua fica; lei era in estasi tra questi due corpi nudi che la desideravano cosí; Elena è venuta a baciarmi, quasi per tenermi buono, quasi per far finta che un po' le interessavo anche io, ma non era vero, si è girata e mi ha tolto la vista di Valeria che scopava con costanza sul mio cazzo e ora davanti a me c'era la schiena e il culo di Elena che intanto baciava Valeria con avidità, una schiena e un culo di una ragazza giovane e molto bella eppure non morbida e carnosa come Valeria, ma era molto eccitante vedere quello che faceva di Valeria, le baciava il collo e la leccava tutta fino a quando Valeria quasi tramortita dall'assalto e dal piacere si è piegata da un lato, io l'ho seguita finché ho potuto ma poi il mio cazzo si è sfilato da dentro, ed Elena – che sembrava non aspettare altro, ha fermato i fianchi di Valeria bloccandola sulla schiena e si è lanciata tra le sue gambe, cominciando a leccarle l'inguine, mordicchiandolo, scendendo giú e risalendo, sfiorando solo la fica ma allontanandosi e poi all'improvviso infilando la lingua dentro la fica, tenendo il muscolo duro e poi ammorbidendolo e leccandole tutto l'umore, dentro e fuori. Quello è stato l'unico momento, quando ho visto Valeria chiudere gli occhi per il piacere e con gesto istintivo prendere Elena per i capelli e tenerla ferma tra le sue gambe – quello è stato l'unico momento in cui ho visto un'intimità vecchia tra loro due, una scena che si era già ripetuta tante volte; perché tutte le altre sembravano invece nuove sia per la mia presenza sia per il desiderio tanto a lungo represso di Elena che la scopava come se fosse la prima volta. Valeria mi ha guardato e mi ha fatto segno con la lingua di avvicinarmi, io l'ho fatto e l'ho baciata e mentre lo facevo ho messo la mano prima tra le natiche di Elena, poi l'ho infilata tra le cosce, e intanto Valeria mi tirava su in cerca del mio cazzo, tanto che per riuscire a infilarglielo in bocca ho dovuto togliere il dito dalla fica di Elena, che ha avuto una reazione delusa ma molto piacevole al tempo stesso, perché ha spinto il suo culo verso di me, continuando a leccare la fica di Valeria, ma di lato; Valeria se n'è accorta, si è sfilata il cazzo dalla bocca e l'ha indirizzato verso il culo di Elena, che adesso lo teneva alto. Cosí mi sono inginocchiato e quando ho avvicinato il cazzo, Elena con un piccolo gesto mi ha fatto subito capire che non se ne parlava di metterglielo in culo e cosí gliel'ho infilato da dietro, e per qualche attimo le piaceva, una volta ha addirittura alzato la testa dalla fica di Valeria per emettere un piccolo urlo di godimento e girarsi a guardarmi. Cosa che mi ha eccitato parecchio, e allora le ho tenuto i fianchi ben fermi e ho cominciato a darle dei colpi violenti, mentre Valeria si era alzata per baciarla sulla bocca, a lungo, intanto che la teneva ferma per farmela colpire piú forte. E qui le ha detto con aria di vera sfida: ti piace, eh? Elena, senza avere la forza di rispondere no, ha scosso la testa per dare un diniego assoluto e poi è scoppiata a ridere. Valeria si è alzata ed è venuta alle mie spalle e si è inginocchiata dietro di me e mi aiutava a spingere, tenendomi stretto, e lo facevamo con tanta violenza che Elena ha dovuto tenersi alla spalliera per non sbattere la testa contro il muro.

Infine, quando era al culmine dell'eccitazione, Valeria mi ha letteralmente sfilato dalla fica di Elena, mi ha buttato giú sulla schiena, è salita sopra e ha cominciato a scopare nel modo in cui scopa lei per venire, avvicinandosi e allontanandosi dall'orgasmo, guardando Elena, baciandola e spingendola verso le tette e poi allontanandola – ho dovuto davvero stringere i denti per resistere perché non ce la facevo piú; ma dovevo resistere perché Valeria era cosí eccitata che sarebbe stato un peccato deluderla, e poi era evidente che mentre eravamo tutti e tre fuori di testa allo stesso tempo Valeria stava dando una dimostrazione razionale a Elena, era evidente per come Elena la studiava e per come Valeria la guardava come per dire: capisci?

Era evidente che, come è stato chiaro pochi secondi dopo, Elena non aveva mai visto un vero orgasmo di Valeria, e Valeria l'aveva sostenuto piú volte, perché mentre stava per venire ha detto: ecco, e l'ha tirata via per farsi guardare e poi ha cominciato con una serie di singulti potenti, che tardavano a scemare, ed Elena era inebetita, ammirata e pazza di desiderio, tanto che le ho infilato di nuovo le dita tra le cosce e lei si muoveva con ritmo vertiginoso e quando Valeria ha smesso e si è tolta buttandosi sul letto, l'ha spinta su di me, Elena è salita sul mio cazzo e ha cominciato a pompare velocissima, ho guardato Valeria con occhi disperati perché non ne potevo piú e lei mi ha fatto cenno di sí, che potevo, allora ho afferrato i fianchi di Elena e le ho dettato il ritmo degli ultimi colpi e poi l'ho sfilata via e lei ha messo la mano sul mio cazzo e ha aiutato tutto quello che usciva a uscire, tanta roba, appiccicata tra le sue mani, mentre lei si è messa addosso a Valeria e con una posizione sapiente, mentre Valeria inerme guardava me che godevo, ha cominciato a strusciare la sua fica su una gamba di Valeria ed è venuta subito, con due urla strozzate.

Potrei dire che a quel punto eravamo accasciati, tutti e tre. Ma non è cosí. Perché se c'è una differenza tra scopare in due e scopare in tre, è che durante la scopata, il dolore allo stomaco dell'eccitazione, è un dolore piú forte, che ti leva piú fiato. Se c'è un punto in cui il piacere si moltiplica è nella crescita esponenziale dello stato di eccitazione. Quel dolore allo stomaco che viene all'inizio di una scopata a causa del desiderio incontrollato, qui rimane a lungo, e rimane cosí a lungo che appena dopo aver scopato, non se ne va. Quasi per niente. Per quanto mi riguardava, ero pronto a ricominciare praticamente subito, con uno stato di desiderio totale che mi faceva continuare ad accarezzare, palpare, baciare. Siamo andati in bagno, uno alla volta, e poi siamo tornati a letto, in uno stato di scopata latente, in cui di continuo succedevano delle cose ma erano lente e meno voraci, quasi tra il sonno e la veglia, solo che poi queste cose che succedevano allontanavano dal sonno e pian piano abbiamo ricominciato. Abbiamo scopato in vari altri modi, Elena ha anche assistito alla mia violenza su Valeria, i miei pugni e morsi mentre le venivo in culo; Valeria le ha leccato a lungo la fica fino a farla venire. Abbiamo dormicchiato tutti e tre abbracciati, con Valeria sempre in mezzo e oggetto di continuo interesse. Soprattutto Elena non la smetteva mai di tenere le mani sul suo corpo o di baciarla, come se temesse di non avere piú altre occasioni per farlo. Abbiamo fumato, bevuto acqua, vino e alcolici, tutto sul letto. Abbiamo parlato pochissimo, e solo una volta ci siamo detti che ci piaceva molto quello che stavamo facendo, che stavamo bene tutti e tre.

E stavamo davvero bene. Mi sembrava che avrei potuto non fare altro per giorni e giorni.

Mancavano pochi minuti alle cinque, quando il telefono di casa ha cominciato a squillare. Eravamo in una pausa, credo che stessi quasi dormendo. Valeria si è molto preoccupata, è scattata dritta, scuotendomi. Elena era completamente disinteressata. Ho fatto in tempo, prima di andare a rispondere, a tranquillizzare Valeria, a dirle che la madre di Teresa era molto peggiorata e lei era in ospedale e di sicuro mi stava chiamando per questo.

Quando ho risposto, Teresa tra le lacrime mi ha chiesto scusa se mi aveva svegliato. Le ho detto che non doveva preoccuparsi. La madre aveva avuto un altro colpo, qualcosa che l'aveva fatta peggiorare di nuovo e adesso era sotto terapia intensiva di medicinali. «Nessuno ci dice niente, ma non mi piace quello che sta succedendo».

Nudo, fuori sul balcone per stare lontano dalle altre

due, l'ho tranquillizzata quanto potevo, senza riuscirci molto. Le ho detto che avrei preso il primo treno, quello delle sette e dieci. Teresa ha detto che ci sperava, voleva proprio che andassi là.

«Ma come fai con il film?»

«Chi se ne frega del film».

Mi ha detto di mettere subito la sveglia, se avevo intenzione di dormire un altro po'.

Quando sono tornato, Elena era su Valeria, le baciava e leccava ogni centimetro del corpo. Valeria mi ha chiesto come andava. Mi ha detto che facevo bene a raggiungere Teresa. Ha visto che avevo gli occhi tristi e mi ha tirato a sé, abbracciandomi. Poi ha avuto un fremito, perché Elena, a cui non fregava assolutamente nulla di ciò che stava succedendo, è andata ancora piú giú. In reazione al fremito, l'ho baciata. In reazione al bacio, mi ha messo la mano sul cazzo. E abbiamo ricominciato.

Alle sette meno un quarto, mi sono alzato e vestito in fretta, senza lavarmi. Non potevo perdere il treno. Valeria mi ha accompagnato alla porta: vai, metto a posto tutto io, ci sto attenta non ti preoccupare. L'ho guardata preoccupato, ma lei ha risposto: quando ce ne andiamo non resterà traccia, stai tranquillo; e chiamatemi.

Chissà, forse sarà una reazione a quella esasperante intimità con il regista, ma quando lavoro, ormai da anni, sono abituato a non accettare mai un film alla volta; quando mi capita di lavorare a un solo film, invece di aumentare la concentrazione, mi sento spaesato, ossessionato, insofferente. Lavoro peggio, perdo tempo, la giornata tutta dedita a una sola cosa mi fa produrre meno di quando sono addosso a due film piú un documentario.

Non solo. Ma anche all'interno del film, il mio modo di lavorare è digressivo. Spezzetto il film per segmenti narrativi: da qui a qui, e allora è come se avessi a che fare con venti film in un film. Mi accanisco su una scena, quando mi dà frustrazione la lascio e mi butto su un'altra, quasi mai la successiva. Lavoro per accumulo, e alla fine c'è sempre qualcosa di cui sono soddisfatto che ha bilanciato qualcosa in cui non sono riuscito a trovare la strada giusta. Se non approdo a nulla di buono neanche cosí, se sono davvero in difficoltà, la soluzione è passare a un altro film – anch'esso composto da una ventina di piccoli film. Mi metto ad aggiustare una scena già montata, a calibrare uno stacco. Alla fine della giornata, porto a casa una quantità frammentata di materiale che mi difende dalla frustrazione, perfino dalla riflessione.

In questo modo c'è sempre qualcosa di buono, anche in una giornata non buona.

Ecco come faccio, come ho sempre fatto: ho temperato qualsiasi emozione frammentandola dentro la moltitudine. È il mio modo di bilanciare e controllare ogni cosa. Tutta la mia vita è composta da una quantità di eventi contemporanei che sono un baluardo contro qualsiasi assoluto. Non ho mai dato in mano a nessuno nemmeno il destino di una sola giornata – ma l'ho sempre affidato a piú mani. Se mi innamoro, continuo ad amare e a scopare con altre. In questo modo, l'innamoramento è piú sopportabile. In questo modo, la vita è piú sopportabile, sono piú sopportabili i dolori, le emozioni, le giornate difficili, le cattive notizie. Sono piú sopportabili le separazioni e perfino i ricongiungimenti. È il mio modo di vivere, è la mia difesa contro tutto, perfino contro un eccesso di felicità.

È come se avessi fondato una specie di flusso continuo, di cui si è persa l'origine, e in questo modo nulla comincia e nulla finisce. Se uno riesce a spalmare questa frammentazione su tutta la propria vita, allora poi riesce a fare sempre in modo di vivere su una bilancia, quando c'è una cosa brutta da una parte ce n'è una bella dall'altra, e la varietà rende tutto piú sopportabile.

C'era sempre qualcos'altro da fare o a cui pensare, intanto. C'era Teresa con cui essere felice, c'era Beatrice, c'era il documentario da montare in tempo per il festival, c'era Silvia che arrivava da Milano, c'erano alcuni amici da vedere la sera, c'era Valeria e poi c'era Valeria con Elena, c'era il film che stanno girando e le prime immagini che arrivano; c'erano i libri che stavo leggendo, i film che volevo rivedere, c'era Francesca e c'erano i film di Francesca a cui mi dedicavo con cento consigli; c'era il problema di Beatrice a scuola, un film da andare a vedere con lei. Se tengo tutto insieme, pensavo, niente andrà mai totalmente male. Basterà una frase di Beatrice, un perizoma di Silvia, una risata di Francesca, un messaggio di Valeria, un bicchiere di vino buono, un film commovente, e la giornata non sarà da buttare. E potevo resistere a tutto.

Se la poligamia serve a soffrire bene, a bilanciare di continuo le cose della vita, forse anche i figli molteplici sarebbero stati necessari. Non è successo. Questa è stata l'unica pecca nella mia vita poligamica.

È da quel pomeriggio in cui l'infermiera ha posato Beatrice tra le mie braccia avvolta in una coperta azzurra – e cioè dal momento in cui ho provato un amore infinito per un essere umano che non è che non conoscessi fino a un secondo prima, ma che fino a dieci secondi prima addirittura non esisteva – e da quella mattina successiva in cui mi sono incazzato tantissimo perché mi avevano messo del cacao nel cappuccino, è da allora che mi chiedo se posso amare di un amore tanto limpido mia figlia e accompagnarla passo dopo passo nel mondo; se posso amare mia moglie – ma questo ormai credo sia già andato perduto, mio malgrado; se posso scopare con chiunque in qualsiasi momento, pensando di distribuire il mio amore come se si moltiplicasse (se, cioè, l'amore ha una data quantità che viene distribuita a quanti si amano, quindi viene *divisa*; o se nasce e si moltiplica e genera altra quantità davanti a una nuova possibilità di amare), avendo due vite separate, conciliate solo dall'essere umano che sono, il quale le attraversa, passa da una all'altra senza mai sentire una colpa o una forma di sentimento che possa assomigliare alla colpa.

La reazione al cappuccino con lo spruzzo di cacao, quella mattina, era venuta a testimoniare che non soltanto davanti al dolore che causavo, io restavo quello che ero, ma anche davanti alla felicità. In fondo, se soltanto quella mattina non me ne fosse importato della polvere di cacao nel cappuccino, avrei dovuto ammettere che usavo una misura speciale per assolvere i miei tradimenti, la poligamia cronica e il me stesso che viveva ogni vita che viveva. E invece quella mattina, davanti a una reazione nervosa, illogica per il momento storico personale, illogica nelle proporzioni tra felicità e insofferenza – quella mattina ho potuto dimostrare a me stesso, mi pare, che non sono uno con Teresa, uno con Beatrice, uno con Valeria, uno con Francesca, uno con Silvia, uno in sala di montaggio, uno nella piscina di Malmö, uno insieme a Vittorio al Lido di Venezia, uno nel letto con Monica, eccetera. Ma sono sempre io, uno e divisibile ma sempre riportabile a quell'uno, o forse addirittura uno e indivisibile, anche se ho piú vite parallele.

In realtà, non avevo affatto piú vite parallele, ma una, complessa e articolata, modulata in molti segmenti che non sempre comunicavano tra loro (alcuni segmenti non sapevano dell'esistenza di un altro segmento, per essere piú precisi), in cui ero sempre me stesso. Una persona che aveva delle colpe ma non provava senso di colpa; una persona che si comportava in un modo che non sarebbe stato compreso se si fosse riuscita a guardare la totalità della sua vita. Ma ero io. Non so se bastava, ma di sicuro rendeva vero e concreto ogni segmento e l'insieme che ne veniva fuori. E funzionava.

L'unica definizione di me che mi è rimasta, ormai, contro la quale ho combattuto con orgoglio e senso civile durante la giovinezza e che ho tentato di sotterrare alla mia comprensione man mano che era impossibile non rendermene conto, è quella di maschio. Sono un maschio, nient'altro che un maschio. La quantità di eccezioni e giustificazioni e spiegazioni che mi sono dato per scopare quanto volevo è da ammirare per fantasia e volontà. Ma alla fine mi sono dovuto arrendere a me stesso. Anche l'innamoramento, o l'amore, la suprema giustificazione a tutto, non mi ha salvato dalla rivelazione: è uno strumento, un mezzo, un fine, qualsiasi altra cosa, ma fa parte del desiderio. Ho dato felicità e ho dato dolore, e che sia per amore o per sesso, non fa differenza, proprio perché la maggior parte delle volte le due condizioni non erano scindibili o comprensibili. Era lo stesso.

In quanto maschio, ho sempre ragionato cosí – potrei perfino dire, mi sono sentito costretto a ragionare cosí: se, per esempio, sono seduto di fronte a una donna bella in treno, mi sento in dovere di cominciare a chiacchierare; anche se vorrei starmene tranquillo a leggere, anche se dico sempre che spero di non incontrare nessun chiacchierone in treno perché voglio starmene in santa pace a leggere, una donna bella rompe ogni intento in modo quasi doveroso: che ne abbia voglia o no, non ha piú importanza, *devo* rivolgerle la parola (mi sento, appunto, costretto); se la donna risponde e partecipa alla conversazione, dopo poco tempo al me in quanto maschio entra un pensiero in testa – ripeto, a prescindere dalla volontà, anzi entrerebbe lo stesso anche se provassi a scacciarlo. Il pensiero è: devo provarci? Ho questo dovere con me stesso? Devo dire un paio di frasi ambigue o azzardate, un complimento o qualcosa del genere per vedere cosa succede? È un pensiero fastidioso e faticoso, con il quale non riesco a fare a meno di avere a che fare. Spesso agisco addirittura con la speranza che subito la donna mi faccia capire che è una strada sbagliata, cosí mi metto il cuore in pace e posso rilassarmi, facendo in modo che presto la donna dimentichi quel corteggiamento spurio. Ciò che è necessario è che il me in quanto maschio ci abbia provato e io possa sentirmi in pace con me stesso, perché se questa possibilità c'era, non potevo «eticamente» non considerarla.

Quello che so, adesso, è che tutto questo avrà una fine agghiacciante con cui convivere; una fine che è già cominciata in qualche momento imprecisato, troppo invisibile per essere un inizio vero. Ma è già cominciata.

Forse di mia figlia potrei fidarmi e confessarle i miei delitti, non ora, ma quando sarà grande. Dirle per filo e per segno i miei torti e le mie ragioni, e ottenere la sua comprensione – chi potrebbe capirmi meglio di lei? Non chiederei giustificazione, non è questo che mi importa, ma mi piacerebbe avere da mia figlia, anche solo da lei, in cambio della verità, la capacità di accettarmi. Di volermi bene per quello che sono. Verrà il giorno in cui sarò vecchio, e la vecchiaia è già cominciata, me l'ha annunciata lei; e se Beatrice saprà chi sono, potrà accettarmi oppure potrà giudicarmi con disprezzo come maschio. Ma le basterà questo, penso, per respingere ogni forma di comprensione: è un maschio. In quel modo, le sembrerò piú un maschio che un padre. O un padre, *ma anche* un maschio.

Quindi potrebbe non essere una buona idea. E allora so che devo darmi un compito nuovo, adesso: quello di nascondere i miei delitti anche a lei. Di continuare a nasconderli a Teresa, affinché Teresa non li racconti a Beatrice.

Credo di aver sempre dormito, in treno e in taxi, perché la prima cosa che ricordo è il corridoio dell'ospedale. Mi ha risvegliato dal torpore la presenza del fratello di Teresa. Seduto su una panchina del corridoio, con la moglie e il figlio grande. Mi sono avvicinato e l'ho abbracciato, in silenzio. Non vedevo Ettore da almeno quattro anni; vive a Londra da piú di venti. Il fatto che ci fosse lui, che fosse arrivato durante la notte insieme a parte della famiglia (gli altri due figli, piú piccoli, erano rimasti là) dava alla faccenda la precisione della tragedia e sanciva che questa tragedia era cominciata prima della telefonata di Teresa alle cinque di stamattina. Teresa era dentro la stanza, Ettore è andato a chiamarla. Teresa è uscita con gli occhi gonfi di pianto e di sonno mancato. Mi ha abbracciato, piangendo, ha detto: non so, non riusciamo a capire. Non risponde piú, dice cose sconnesse, non capisco se ci riconosce. Ettore la abbraccia. Arriva un'infermiera con un vassoio, chiede a Teresa se vogliamo provare a farla mangiare. Teresa dice sí, segue l'infermiera, poi mi fa segno: vieni con me. Guardo Ettore, che è già andato a sedersi dove stava prima.

Entro.

L'infermiera prende una sedia e si mette da una parte del letto. La madre di Teresa è bianca, molle, gli occhi spalancati che si muovono intorno. È la prima volta che ho una percezione brutale della sua vecchiaia, anche se spesso io e Teresa diciamo che ha avuto un crollo, da quando è morto il marito. Ma la verità è che semplicemente il giorno in cui è morto suo marito, la bellezza è scomparsa dal suo viso e dal suo corpo, come se l'avesse sepolta nella tomba con lui. Non era piú bella, ma non era vecchia. Adesso è molto vecchia. La prima cosa che mi viene da sussurrare a Teresa è se Beatrice l'ha vista. No, mi risponde. Mi sento sollevato.

L'infermiera le parla a voce molto alta, come a una bambina, le dice adesso ci mangiamo qualcosa che ci fa bene – parla cosí, con il noi. La madre di Teresa gira il viso e gli occhi verso la voce e nel farlo li passa su di me, sembra che mi abbia visto, perché fa un gesto insensato: allunga il braccio dalla parte opposta del letto, dove c'è una poltroncina vuota con un cuscino – dove è stata Teresa tutta la notte, probabilmente. Guardo Teresa sperando che ce l'abbia con lei. Ma Teresa mi fa segno di andare. Mi avvicino alla poltrona, me la aggiusto e mi siedo. La sua mano è sempre tesa, le dita si muovono come se aspettasse. Allora le prendo la mano con tutte e due le mie. Le sue dita si acquietano. Gli occhi di Teresa si riempiono di lacrime e scappa via per non farsi vedere.

Restiamo io, la madre con la mano nelle mie, e l'infermiera che la imbocca di una cosa cremosa che si sparge ai lati della bocca e con una reazione da vecchia ammalata, la paziente risputa quasi tutto. L'infermiera dice un no senza insofferenza, tranquillizzante; la pulisce e ci riprova. Abbasso la testa perché tutto questo mi fa schifo. Alla fine, si arrende e se ne va, sorridendomi per scusarsi dell'impazienza. Quando esce, aspetto che rientri Teresa, Ettore – qualcuno. Ma non succede. Siamo rimasti io e la madre di Teresa che mi stringe la mano che le ho lasciato stringere. Guarda il soffitto, deglutisce con fatica ogni tanto. Sono lí che la guardo.

È in quel momento, curvando la testa sulla spalla, per appoggiarmi, che sento un odore strano, che ha scacciato via tutti gli odori del presente: sento quell'odore preciso e inconfondibile. Non l'odore di Valeria o di Elena, o di noi tre. Ma quel maleodore. Rialzo la testa di scatto, spaventato.

È stato in una casa che nemmeno conoscevo, tantissimi anni fa, mentre baciavo e cominciavo a spogliare una ragazza, in un punto preciso di quella operazione, che ho cominciato a sentire quello strano odore. Spiacevole. Era uno strano odore che non avevo mai sentito fino a quel momento, che avevo scacciato con risolutezza. Da quella volta, quando è capitato tutte le altre volte, ho capito che era un problema.

Nella mia classifica, al primo posto nella classifica del maleodore c'è una ragazza di Torino. Aveva capelli ricci e lunghi, forse non era bellissima, ma era ostinata e innamorata. Aveva un seno perfetto, che avevo notato spesso. Poi una sera a casa mia era successo, in modo improvviso e anche un po' brutale. Era agosto, eravamo accanto alla finestra spalancata. Ci eravamo baciati e a quel punto avevamo continuato. Mi aveva spogliato rapida, cosí avevo fatto anch'io e le avevo subito infilato il cazzo dentro, come suggeriva l'andamento di quella frenesia. Immediatamente, intorno a noi, per la casa, ma forse in tutto il quartiere o in tutta la notte, si era diffuso un fetore tale che con un gesto istintivo e assurdo mi ero voltato indietro a guardare, per un attimo, se arrivasse da qualche parte. Un gesto istintivo e assurdo che mentre lo compivo mi faceva tornare in me e capire la verità. Un fetore tale che quasi smisi di respirare, portai a termine la cosa come potevo, rimasi seduto sul bidet a lungo e a lungo – lo faccio sempre: pulirmi a lungo dopo aver scopato, ma quella volta mi sfregavo il cazzo di continuo per togliere quell'umore che sembrava non se ne andasse mai, continuavo a insaponarmi e sciacquarmi, insaponarmi e sciacquarmi. La notte mi svegliai e tornai a lavarmi, cambiai le mutande, le lenzuola, tutto, ma quel fetore non era piú in giro, ovviamente, solo che era rimasto piantato nelle mie narici e non c'era niente da fare, continuò a perseguitarmi per qualche giorno come un'ossessione. Per fortuna che la ragazza di Torino era, appunto, di Torino. Cosí potei rimandare e rimandare un nuovo incontro, adducendo mille cause che a lei cominciarono a sembrare strane; intanto finalmente quel fetore era scomparso e pian piano nella mia memoria si formò una tale incredulità che cominciai a dubitare che fosse mai esistito. La ragazza di Torino, che aveva tante qualità, insisteva, e su di me calò un pentimento: avevo esagerato, mi ero fissato, non poteva essere cosí come lo avevo sentito, era un problema mio, la ragazza di Torino mi piaceva ed era carina e mi stavo comportando come una bestia. Alla fine, accettai di andare a Torino per un fine settimana. Alla stazione mi baciò con foga e a casa facemmo subito l'amore, appena entrati: quel fetore si diffuse immediatamente appena si sfilò gli slip, non avevamo tutte le finestre aperte (non era piú agosto) e dovetti cedere alla realtà del mio ricordo, un fetore insopportabile che mi spinse a far presto – adducendo l'alibi dell'eccesso di desiderio, e in seguito a passare altri due giorni interi insieme alla ragazza di Torino, a Torino, con quel fetore piantato nelle narici e il continuo addurre scuse per non fare l'amore di nuovo la notte e mi sentii libero solo quando il treno partí e lasciò la città. Solo quando vidi l'insegna in una stazione che diceva Trofarello, che non era piú Torino, solo allora sentii che il fetore abbandonava le mie narici, stavolta per sempre. Tranne che nel ricordo, che divenne indelebile; se mi tornava nella mente la ragazza di

Torino, per qualche frazione di secondo tornava anche il fetore che poi per fortuna svaniva nel nulla.

Quando l'ho vista, quella sera, quando ho visto l'espressione di piacere sul viso di Teresa e quel morso che si era data sul braccio mentre un uomo lavorava tra le sue gambe, avevo subito capito che mi sarebbe mancata, se fosse finito tutto. Che vivere con lei e Beatrice era la cosa migliore che mi fosse capitata. Ecco cosa era stato quell'istinto di conservazione che mi aveva fatto stare zitto e mi aveva fatto subito pensare che in fondo potevo perdonarla. Ma la verità è che anche l'odore di Teresa non era piacevole. Non lo è mai stato. Non viaggiava nelle zone alte della classifica, però è stata la prima e l'unica persona con cui il maleodore e il sentimento si sono conciliati. Perché tutti i maleodori li avevo sopportati poco, e avevano sempre impedito che nascesse un sentimento vero e che i rapporti durassero a lungo. Con Teresa era successo che il sentimento si era imposto sul maleodore, l'aveva battuto, sconfitto; non eliminato. Spesso mi chiedevo se era un destino infame quello di voler restare con una donna tutta la vita, e quella donna fosse una che aveva una fica maleodorante – anche se non troppo. Ma l'amavo, e questo faceva in modo che potessi sopportare il maleodore. Lavandomi a lungo, dopo, e con alcune altre accortezze. Se dovessi dimostrare a qualcuno che amo Teresa, se potessi usare questo argomento, direi che la sua fica ha un odore che non mi piace, ma io ho vissuto lo stesso con lei per molti anni.

Questo può far capire quanto poco abbia infilato la testa tra le sue gambe. Scopavamo molto bene, io e Teresa. In modo irregolare. C'erano periodi intensi e periodi in cui scopavamo anche una sola volta in un mese – un'altra cosa che mi aveva molto sorpreso nella vita coniugale: pensavo, prima, che il desiderio potesse rimanere acceso e poi spegnersi, non che fosse intermittente, con periodi intensissimi e altri piú distratti. Ma non avevo mai piú infilato la testa tra le sue gambe. Ho adottato per tutta la vita tecniche per evitare il maleodore, per schivarlo se sentivo che stava per arrivare. Ho sempre proceduto in questo modo, con tutte le donne con cui sono stato: ho messo la testa tra le loro gambe rarissime volte e soltanto durante i primi tempi, solo quando richiesto esplicitamente oppure per mostrare equità o disponibilità all'equità. Ma l'ho fatto il minimo tempo indispensabile, facendo ricorso al desiderio ineliminabile di penetrarla, che facevo nascere prestissimo proprio dall'eccitazione causata dal leccarle la fica – questa l'interpretazione che si poteva dare delle mie azioni, perché ero sempre riuscito, in tutta la mia vita, a non parlarne mai.

Con Teresa la testa tra le gambe ha avuto lo stesso percorso che ha avuto con le altre, all'inizio l'avevo messa con quella formula (solo quando richiesto esplicitamente e il minimo tempo indispensabile, facendo ricorso al desiderio ineliminabile di penetrarla, che nasceva proprio dall'eccitazione causata dal leccarle la fica). Poi basta. Come succede in un rapporto sessuale che funziona, si fanno delle scelte e si finisce per perseguirle con testardaggine. Avevo fatto in modo che la combinazione di scelte con Teresa fosse una sequenza di percorsi per farle raggiungere l'orgasmo e di eliminazione di ogni possibile pensiero di leccare la sua fica. Facevamo l'amore con soddisfazione, lo stesso.

Cerco di pensare, mi concentro con tutte le mie forze e cerco di pensare una conclusione precisa, stavolta. E cioè: è colpa mia.

Ecco cosa sto facendo lí, da solo nella stanza di ospedale tenendo la mano della madre di Teresa che sta molto male – non capisco quanto, non ho avuto il tempo di capirlo con precisione fino a quando non ho visto Ettore, sua moglie canadese e suo figlio Richard lí nel corridoio.

Ecco perché sono qui: mi hanno intrappolato accanto a lei, perché devo comprendere che se stanotte non avessi fatto una cosa cosí aberrante la madre di Teresa non avrebbe avuto un altro attacco. È questo il pensiero che deve entrare nella mia testa, in tutta evidenza. È questo che voleva dirmi lei, pur in uno stato di semincoscienza, quando ha allungato la mano per farsela tenere; era per dire: è colpa tua.

Ma non ci riesci, le ho sussurrato. Non ci riesci.

Come al solito, pur cercando causa ed effetto delle mie azioni, pur cercando di convincermi che tra quello che ho fatto stanotte e ciò che è successo a questa donna stanotte, c'è un nesso piú che evidente, non riesco a provare neanche per un millesimo di secondo quello che mi impongo di provare. Sono anni che cerco di attribuirmi una colpa, per esempio tutte le volte che Beatrice è stata male: febbre, vomito, varicella, diarrea; perfino una volta che l'abbiamo portata in ospedale di notte perché delirava. Ho sempre cercato di pensare che era colpa mia, era una punizione, ho sempre cercato di dimostrarmi che era evidente; ho sempre promesso che se fosse guarita avrei smesso per sempre di avere altre relazioni. Ma mentre lo facevo, capivo che non sarei riuscito a farlo. Che non pensavo di farlo sul serio. Non ci credevo. Anzi, facevo peggio. Perché poi, mentre Beatrice si addormentava lottando contro la febbre, mi fermavo su alcune scene di sesso da cui ero particolarmente ossessionato, per pesare in modo concreto tutto ciò a cui avrei dovuto rinunciare.

E l'unica cosa che mi veniva in mente era: non ci rinuncerei per nulla al mondo.

A tentare di aggravare la situazione, la madre di Teresa fa un movimento del capo, stringendomi la mano con tutte le (poche) forze che ha, ma stavolta lo fa solo per aiutarsi nel movimento, e si gira verso di me, per guardarmi.

I suoi occhi grandi, spaventati, sofferenti, adesso mi guardano fisso, senza espressione felice o infelice, senza un sorriso o una smorfia ad accompagnarli. Mi guardano negli occhi come per implorarmi. E io ho una percezione precisa: sta morendo.

Ho capito, penso senza dirlo, ma come se glielo dicessi: anch'io, come te, ho scacciato mille volte il ricordo di quel pomeriggio nella casa al mare. Teresa se n'era andata sulla spiaggia dopo l'ennesimo litigio. All'inizio litigavamo spesso, tu le chiedevi se davvero mi amava e se davvero era sicura di voler stare con me, visto quanto eravamo diversi. E lei ostinata diceva sí, sí. Me lo veniva pure a raccontare. Ero rimasto sul letto a leggere, cercando di allontanare la rabbia. Eri entrata nella stanza e avevi detto: mi metto un poco qui vicino a te. Eri molto bella – anzi era diverso: eri Teresa piú adulta, sul punto di diventare sfatta, in quel punto in cui Teresa comincia a essere ora. Ti avevo guardato qualche volta quando uscivi dalla doccia e l'accappatoio si apriva, e mi ero anche masturbato un paio di volte pensando a te – ma poi avevo sempre scacciato il pensiero. Eri molto bella e soprattutto rassicurante. Potrei azzardare che sei stata decisiva. Guardavo il tuo corpo, sentivo il desiderio forte verso un corpo che era simile a quello di Teresa ma non era piú giovane come quello di Teresa, eppure mi piaceva quanto quello di Teresa. Quindi, se volevo seguire una logica, Teresa mi sarebbe piaciuta anche tra venti anni, o venticinque.

E infatti, se devo pensare a tutta la mia vita con Teresa, adesso è nel periodo in cui mi piace di piú. L'ossessione per il suo corpo è cresciuta negli anni, non è diminuita. Se dormiva nuda accanto a me dieci anni fa, lo sopportavo meglio di ora. Adesso, non riesco a sopportare il desiderio per il suo corpo non piú giovane, sul punto di invecchiare, quindi nel momento piú lucente – mi sembra di capire. Il fatto che siamo in crisi, che quasi non ci parliamo, e se lo facciamo è per litigare, per urlare, non ha cambiato nulla nel mio desiderio.

Non mi stanco di Teresa.

Quando penso ai corpi che amo, quando penso alla loro decadenza, provo soltanto commozione e piacere. Non mi fa paura che il mio culo preferito si ingrossi, si allarghi, si ammosci – se seguo il suo percorso, se riconosco giorno dopo giorno il lento decadere, non mi fa paura e anzi sento che mi piace e che ci sarò. Sento che saprò apprezzare ogni fotogramma di decadenza se lo riconosco, se è uno alla volta – allo stesso modo di come non mi accorgo giorno dopo giorno che Beatrice diventa piú alta, piú intelligente, piú adulta, perché non so guardare l'insieme stando con lei tutti i giorni e soprattutto stando dentro la sua storia di crescita. Non la guardo, la vivo. Allo stesso modo non guardo il corpo di Teresa e di Francesca, di Valeria, di Silvia come uno che guarda, ma li vivo. Per questo, anche, se vogliamo, li amo, li ho scelti. Non sono i corpi piú belli in assoluto che stanno nel mondo, vedo Valeria che cammina uscendo dalla pizzeria e mi accorgo che nessuno guarda il suo culo ma io so che lí sotto c'è un culo che per me è fonte di ogni piacere e desiderio e bellezza. È la misura del mio piacere, è la misura del mio desiderio. Non è la misura degli altri.

Esistono corpi perfetti, senza polpacci grossi, o cosce grandi, o pance un po' visibili, senza granuli di cellulite che aumentano e diminuiscono durante il corso della vita. Ma a me piacciono questi corpi cosí come sono, con le loro imperfezioni, con la loro specialità. Posso dire che mi piace la cellulite di Silvia ed è vero, quel po' di pancia di Francesca ed è vero. Questo mi consentirà di saperle guardare invecchiare allo stesso modo di come ora mi consente di avere una mia specifica ossessione, che può essere condivisa da qualcun altro ma non condivisa oggettivamente. Quando invecchieranno Francesca, Valeria, Silvia o chissà chi altro ancora, so cosa penserò.

Sono convinto, oltretutto, che le persone davvero libere, uomini e donne, che sono capaci di concedere e cedere a tentazioni, che vivono passioni e amano il sesso, per la maggior parte sono belli che sono diventati belli, che hanno acquistato una loro bellezza, alle volte anche oggettiva, ma che non sono nati cosí, erano brutti (o quantomeno: non belli) e hanno faticato e sofferto da bambini o adolescenti e adesso è rimasto loro dentro quel desiderio di rivalsa, di riscatto, come se la bellezza cosí come è apparsa possa svanire e devono approfittarne per conquistare e godere. A me sembra di essere stato cosí, e di aver incontrato e amato e desiderato soltanto persone cosí.

Avevi il costume con un pareo annodato sui fianchi, ma quando ti sei stesa lo hai tolto. Ti sei girata di spalle e hai cominciato a parlarmi di me e Teresa, dicendo cose brevi, facendo qualche domanda a cui rispondevo con precisione e rassicurandoti sul mio amore per lei. Intanto guardavo la tua schiena nuda, il tuo culo grosso. Avevi una voce diversa, come se non avessi fiato a sufficienza per parlare. Avevi cominciato a parlare di desiderio, di sesso. E con intenzione, dicendo una menzogna, avevo detto che avevo bisogno del corpo di Teresa ma lei era sfuggente in quel periodo, sembrava distante. Non era vero, stavo parlando da stronzo, ma sono abbastanza convinto che erano il tuo corpo, la tua voce che me lo facevano fare. Sono abbastanza convinto che eri venuta con quell'intenzione. Sono abbastanza convinto che di me non te ne importava nulla, era solo che volevi capire. Cosa volevi capire, non lo so; avrei voluto chiedertelo per anni, ma non ce l'ho mai fatta – e non ce l'ho mai fatta anche perché tutto quello che è successo, da quel pomeriggio in poi, è stato scacciare l'idea che fosse accaduto qualcosa, con tale convinzione che ancora alle volte devo chiedermi se non sia una mia invenzione, se non confondo le fantasie con la realtà. Però so che da quel momento in poi non mi sono mai piú masturbato pensando a te. Questo è il segnale che è accaduto per davvero.

In *A Venezia... un dicembre rosso shocking*, la scena in cui Donald Sutherland e sua moglie Julie Christie sono stesi sul letto, in un albergo di Venezia, e fanno l'amore per la prima volta da quando è accaduto l'incidente tragico della morte della loro figlia, è stata inventata in sala montaggio dal regista Nicolas Roeg e dal montatore Graeme Clifford. In pratica, sono due momenti alternati di continuo: i due che fanno l'amore e i due che si rivestono dopo aver fatto l'amore. Un'inquadratura fa vedere Donald Sutherland che sfila il vestito a Julie Christie e quella successiva mostra Julie Christie che si infila la gonna in bagno. I due che scopano e lui che sceglie la cravatta, i due che si mordono e lei che si trucca davanti allo specchio. Tutto il tempo in cui fanno l'amore corrisponde a tutto il tempo che ci mettono per rivestirsi, dopo, uno in camera e l'altra in bagno. Sempre con montaggio alternato, accompagnato da una musica leggera e potente che finisce nel momento in cui i due finiscono di fare l'amore e sono allo stesso tempo pronti per uscire e andare a cena.

Il sentimento che viene fuori è un sapore piacevole nella memoria intanto che lei e lui separatamente si rivestono – se si vuole vederla dalla parte piú semplice, cioè dando un tempo presente a coloro che si rivestono e un tempo passato agli stessi mentre fanno l'amore. Ma si potrebbe trattare di questione piú complicata, se si attribuisce il tempo presente a loro due che fanno l'amore – ipotesi non improbabile, visto che il racconto parte da loro due che si accarezzano sul letto e poi cominciano a fare l'amore; in quel caso, se il tempo presente è quello, vuol dire che la vestizione è un tempo futuro; cioè, un desiderio. Intanto che scopano provano anche il desiderio che al piú presto sia tutto finito, che si possa pensare a tutto questo già dal punto di vista del dopo – senza escludere il ricordo piacevole; ma con un sentimento molto piú angosciato: piuttosto che «Stiamo facendo l'amore», «Abbiamo fatto l'amore».

Senza girarti del tutto, mi avevi abbracciato con una contorsione, dicendo: poverino, e avevi avvicinato il tuo culo al centro del letto. Nel rispondere al tuo abbraccio, mi ero appoggiato a te, il mio cazzo duro senza alcun pudore aveva premuto le tue natiche; non ti eri allontanata, ridevi ancora per nascondere l'imbarazzo della decisione ormai presa, mentre spostavo di lato il costume con un gesto rapido e infilavo il mio cazzo nella tua fica di cui non ricordo nulla, né proporzioni né calore, ti stringevo fortissimo e sentivo un dolore alla bocca dello stomaco che mi faceva quasi svenire, il coraggio di tutto questo me lo dava il fatto che eri di spalle e non mi guardavi; mi sembrava di avere dodici anni, e come un dodicenne sono venuto praticamente subito. Hai aspettato che finissi, sei scivolata fuori, hai aggiustato il costume, ti sei seduta sul letto, mi hai guardato sorridendomi e facendomi una carezza come a un figlio, ti sei alzata e sei uscita chiudendo la porta piano, come se stessi dormendo. Ho chiuso gli occhi, imponendomi di dormire, o di far finta di dormire, ma con me stesso, per cominciare da subito a non ricordare piú quello che era successo.

Quando finalmente Teresa è entrata nella stanza dell'ospedale, ho dato un ultimo sguardo a sua madre, le ho sorriso come facendo finta di rispondere al suo sorriso, e mi sembrava di essere pronto, adesso, davanti alla testimonianza conscia o inconscia di sua madre, per dire a Teresa che va bene, lo so, lei si è comportata in modo giusto e io no.

Lei non ha scopato con nessun altro intanto che mi amava, io ho scopato con chiunque intanto che la amavo. Lei ha scopato con un altro quando ha sentito una *mancanza*, che era anche una mancanza concreta e specifica a giudicare ciò che ho visto. Ma è proprio questo che le rimprovero. Vista cosí, la vita, attraverso un percorso giusto e dedito alla ricerca della perfezione, è davvero e inevitabilmente una costante infelicità interrotta da sprazzi di felicità, quando una giornata è buona, quando un lavoro è portato a compimento in modo positivo, quando una scopata è come ti piace, quando dei giorni sono come li avevi sognati. Per il resto, è una insoddisfazione, una delusione sottile contro la quale cerchi di combattere, ma alla fine soccombi. In questa prospettiva, un amore fatto di tradimenti grandi e piccoli, di distrazioni, di egoismi e di delusioni, sembra un amore fallito.

Beh, non lo è. Tutti gli amori sono cosí – parlo di tutti gli amori veri. Sono fatti di cose buone e cose cattive, di momenti belli, noiosi, sconfortanti, allegri, tristi. Sono fatti di tutto. È quello che ho capito con molta sorpresa in tutti questi anni: mai avremmo immaginato che una vita coniugale fosse cosí mossa, cosí piena di cambiamenti, di segmenti, di periodi di durata variabile. Quando eravamo andati a vivere insieme, io e Teresa, ero convinto che una convivenza fondasse una vita tutta uguale, costante e identica a quella che immaginavo o almeno a quella che veniva determinata nei primi mesi. Invece ho scoperto che vivere insieme è una sequenza di molte fasi, composte di segmenti brevi e lunghi, completamente diverse. Che cambiavano proporzioni, sentimenti e stati della vita quotidiana in modo continuo e a volte vertiginoso. Di questa vitalità lei costituiva la parte fondamentale, perché era attiva e attenta – forse perché custodiva la parte buona. Eppure quando questa attenzione era provocata dal senso di perfezione, allora tutta l'impalcatura si rivelava fragile e insensata: perché non riconosceva legittimità alla fatica, ai passaggi dolorosi, alla frammentarietà e ai percorsi tortuosi.

Tutto questo riguardava anche le stroncature al film di Vittorio, quando andammo alla Mostra di Venezia. C'era una differenza tra noi che avevamo lavorato a quel film e coloro che lo guardavano – che stavano *fuori*. Da un certo punto in poi, in un'opera creativa o in un amore, la differenza tra coloro che stanno dentro e coloro che guardano da fuori consiste nel fatto che il motivo per cui è cominciata una storia da raccontare o una storia d'amore è un motivo ormai irrintracciabile, di cui comunque non ti occupi piú: cerchi di capire come fare andar meglio le cose, quanto ami, quanto non ami, cosa succede, ma l'idea oggettiva del fatto che questo amore è nato quando è nato, quello non è piú un problema; allo stesso modo come nei film non è l'idea oggettiva di quella storia che vale, ma quanto riesci a riproporre al meglio l'idea che hai di quella storia. Quindi non hai piú possibilità di stare fuori, di giudicare da fuori. Ti manca ormai la possibilità di comprendere se tu e Teresa eravate fatti l'uno per l'altra, ti manca cioè la possibilità di vedere te e Teresa *prima* che l'amore cominciasse. Quel prima, ormai, è irrintracciabile.

Per questo motivo, avrei voluto dire a Teresa, due persone che si amano non devono lasciarsi mai. Per nessun motivo. Devono solo camminare e camminare. Essere infelici, in attesa che tornino i momenti di felicità; o felici, sapendo che torneranno i momenti di infelicità.

Ma non le ho detto niente; le ho stretto la mano con tenerezza e sono uscito in silenzio. Siamo rimasti ancora un giorno e mezzo nel corridoio di quell'ospedale. La maggior parte del tempo a cercare di parlare con il medico, a discutere se fosse giusto o no portare Beatrice dalla nonna – e ogni volta alla fine ci è sembrato giusto che no. Prima di lasciarla lí, la sera, e tornare a casa della madre, dove dormo con Beatrice, le ho stretto forte la mano e lei ha risposto in modo netto e distratto, come quando mi rispondeva nel sonno.

Quando arrivo a casa, resto seduto sul divano a guardare Beatrice che armeggia fino a tardi, da sola, in silenzio. Costruisce una busta con tre scomparti, usa forbici, colla, pennarelli. Prende tre fogli di carta, scrive qualcosa e li infila in ognuno degli scomparti. Vede che la guardo. Senza smettere di lavorare alla sua opera, mi spiega che è una busta che adesso contiene tre messaggi d'amore per Daniele.
«Chi è Daniele?»
«Il mio fidanzato».
Mi spiega che lui lo sa che lei è fidanzata con lui ma lei non sa se anche lui è fidanzato con lei, o se è fidanzato con lei e con Irene e forse con altre ancora.
Credo si aspetti che faccia un commento, per questo restiamo in silenzio. Poi si avvicina, dopo aver ponderato a lungo se farlo; si accovaccia accanto a me, con la busta in mano. Dice che non avrà il coraggio di dare questa busta a Daniele – a cui ha aggiunto una macchinina e una caramella –, quando tornerà a scuola. Dice che è meglio se gliela spediamo. Tira fuori dalla tasca la macchinina e la caramella e me le dà insieme alla busta.
«Leggi un bigliettino», dice.
«Ma no, non voglio».
«Voglio che lo leggi», dice. «Cosí capisci perché mi vergogno».
Prendo un bigliettino a caso da uno dei tre scomparti. Lo apro. C'è scritto: ti amo un mondo. Non dico niente. Lei mi strappa il bigliettino da mano, lo ripiega e lo rimette nella busta.
Si stringe di nuovo a me, forte.
Poi dice: «Ho paura».
Sto per chiederle paura di cosa, e forse sto anche per

dirle che può lasciar perdere se non ce la fa, ma poi mi rendo conto che dopo tanto tempo ha usato di nuovo la frase «Ho paura» per dire altro. Per dire molto altro. Per dire che per la prima volta in vita sua è probabilmente sopraffatta dai sentimenti. E un modo per condensare tutto questo in una frase davvero non c'è. Quindi, stavolta, «Ho paura», va piú che bene.

Il giorno dopo, durante il pomeriggio, Teresa è entrata da poco nella stanza della madre, quando vediamo entrare due medici piuttosto di corsa. Ettore entra anche lui subito nella stanza, bestemmiando perché la sorella non è uscita ad avvertirlo. Dopo un altro po' di tempo, ma non so quanto, Teresa esce, con il viso pallidissimo e gli occhi del tutto asciutti, e non c'è bisogno che dica niente – o forse qualcosa dice, ma non posso sentirla perché è apparsa nella mia testa, come un orologio, a bassissimo volume, come se non ci fosse, quella musichetta straziante.

(Il sole sorge alle cinque e quaranta e tramonta alle venti e quarantanove, la luna si leva a mezzanotte e cinquantasei e cala alle dodici e diciotto minuti).

La abbraccio forte. Lei poggia la testa sul mio petto con un gesto stanco. Le sue braccia rimangono lungo il corpo. In questo momento, mentre sento il suo corpo addosso a me completamente abbandonato e per sempre distante, capisco da solo quello che sarà costretta a dirmi tra qualche giorno.

(I santi del giorno sono Elisabetta del Portogallo ed Ulderico vescovo, il nome Elisabetta di origine ebraica significa Dio è pienezza. Venire ai ferri corti e parlare a viso aperto sono due espressioni figurate che derivano dall'uso di armi antiche).

Vuole che me ne vada, che mi cerchi un altro posto prima che lei e Beatrice tornino a casa. Sono addirittura me-

ravigliato di come la verità possa essere cosí palese, inconfutabile, definitiva.
(La massima del giorno: non si vive neppure una volta).

Ero convinto di essere all'altezza, di farcela. Potevo essere un perno della mia famiglia, amare mia moglie e indicare la strada a mia figlia – e intanto conservare quella giovanile insensatezza che mi accompagnava a una perdizione inevitabile, ma possibile. Non è successo, ma è stato un caso.
È di questo che mi rammarico: ce la stavo facendo, ce l'avevo fatta, ma non avevo calcolato che lo sgretolamento potesse cominciare da un'altra parte. Poiché ero io colui che aspettava la polizia ogni giorno, poiché ero io che collezionavo ogni giorno un altro giorno di salvezza, non avevo messo in conto altre possibilità.
Ero incazzato, perché ero sicuro che ce l'avrei fatta. Con le mie forze e i miei sotterfugi, con un sistema di elusioni e menzogne e ore rubate, con la mia meschinità e anche la mia vitalità, con l'energia che ci mettevo, ce l'avrei fatta. Avevo una famiglia in cui credere e che credeva in me, avevo una vita sessuale sfrenata e avevo altri amori seri e vivi.
E invece.

Anche io, se voglio, so rintracciare un momento di perfezione: io e Teresa su due motorini su un'isola greca, e Beatrice dietro di me. Dopo una curva, in alto, il mare, altre isole in lontananza e il sole quasi nell'acqua. Abbiamo rallentato fino quasi a fermarci ma senza fermarci, ho indicato a Beatrice il sole, dicendo: «Guarda là». Ho sentito la testa di Beatrice che si muoveva dalla mia schiena e poi un sospiro di meraviglia. E queste sue parole, che ha sentito anche Teresa: «Che vita meravigliosa che facciamo, eh, papi?» Non le ho risposto. Teresa le ha sorriso e poi ha allungato la mano verso di me e anche io verso di lei e ce la siamo stretta forte per un attimo, poi abbiamo ripreso ad andare nel vento.

Tre

Quando si esce dalle case, a fine serata, spesso durante la notte, ci sono due ostacoli da superare. Il primo è semplice: il portone del palazzo. Spesso ha il pulsante di apertura accanto alla maniglia per tirarlo o aprirlo; oppure ha un interruttore sul muro accanto. Il secondo ostacolo è il cancello esterno, quello che dà sulla strada. Lo spazio, il percorso che bisogna fare tra il portone e il cancello, è il problema. Perché è lí, in quello spazio, spesso lungo e largo, spesso senza punti di riferimento, che si nascondono i pulsanti per aprire il cancello esterno. Se si potesse fare un resoconto cinematografico, cioè una serie di brevi sequenze che raccontano una contemporaneità – se si potesse guardare dall'alto quei cortili alla fine delle cene, delle feste, degli incontri amorosi, dalla tarda sera alla notte profonda, si vedrebbe gente che si aggira senza sapere come venirne fuori, indecisa se citofonare al padrone di casa, ostinata nella ricerca tattile e meticolosa, centimetro per centimetro, del pulsante che forse è nascosto dietro un muretto, forse dietro le piante, forse a metà strada, forse accanto all'uscita ma in basso, forse addirittura dentro il palazzo e allora non si può fare piú niente perché il portone ormai è chiuso.

Quello spazio tra il portone e il cancello è il limbo per tutti coloro che non hanno familiarità con la casa da cui sono usciti; per tutti coloro che non la abitano, non la frequentano abitualmente; per tutti coloro che vanno di casa in casa, sera dopo sera, e perdono la memoria del pulsante. Fino a quando frequenti poche case va ancora bene, ma se cominci a frequentarne tante perdi l'orientamento, a ogni uscita c'è una soluzione diversa, cominci a sovrapporle e confonderle. E cerchi in modo disperato di ragionare: strada del tutto sbagliata, perché non è che il posizionamento del pulsante sia sfuggito alla logica, ma è intenzionalmente contro la logica. Non sarà di sicuro nel posto dove dovrebbe stare naturalmente, perché ha il compito di sfuggire alla naturalezza.

È nascosto, appunto.

Indice

p. 5 Uno
109 Due
195 Tre

*Einaudi usa carta certificata PEFC
che garantisce la gestione sostenibile delle risorse forestali*

Stampato per conto della Casa editrice Einaudi
presso ELCOGRAF S.p.A. - Stabilimento di Cles (Tn)

C.L. 22257

Edizione									Anno
12	13	14	15	16	17	2023	2024	2025	2026

DR 0242695082

370002WY2
LA SEPARAZIO
NE DEL MASCH
PICCOLO FRANC

12°ED SUP ET
EINAUDI

Building Pembroke chapel: Wren, Pearce and Scott